旅人の夜の歌　ゲーテとワイマル

旅人の夜の歌

ゲーテとワイマル

小塩 節
Oshio Takashi

岩波書店

まえがき

詩人ゲーテ(Goethe 一七四九—一八三二年)に「旅人の夜の歌」という同じ題名の詩が二篇ある。若いゲーテがワイマルの近郊で、四年半ほどのあいだをおいて作った、短い八行詩である。

二篇の「旅人の夜の歌」のうちの第一の詩は、小説『若きウェルテルの悩み』などの新進作家として全ヨーロッパに一気に名のあがった二十六歳のゲーテが、ワイマル公国君公の賓客としてワイマルに招かれてきてほぼ三か月目に作ったもの。宮廷への仕官を懇望されて迷い、また、文学的な野心と生来の激情的な不安とに満ちて作った。

旅人の夜の歌

おんみ　天より来たり
すべての悩みと苦しみを鎮《しず》めるものよ
重なる悲しみの深き者を
慰めを重ねて満たすものよ
——ああ　われ人世《じんせ》のいとなみに疲れはてぬ

痛みも楽しみも　すべてそも何――
甘美なる平安よ
来たれ　ああ来たれわが胸に

Wandrers Nachtlied

Der du von dem Himmel bist,
Alles Leid und Schmerzen stillest,
Den, der doppelt elend ist,
Doppelt mit Erquickung füllest,
— Ach, ich bin des Treibens müde,
Was soll all der Schmerz und Lust? —
Süsser Friede,
Komm, ach komm in meine Brust!

(Am Hang des Ettersberg, d. 12. Febr. 76)

という自由な韻律の詩。ワイマル市の北縁にあるなだらかなエッタースベルクという緑濃い小山で作られた。

第二の詩は、第一の詩から四年半あと、すでにワイマルのトップ行政官政治家として日夜全力で働いていたゲーテが、ワイマルの南イルメナウ市のすぐ南西のキッケルハーン山頂に登って作ったもの。

峯々に
憩いあり
梢を渡る
そよ風の
跡もさだかには見えず
小鳥は森に黙《もだ》しぬ
待て　しばし
汝《なれ》もまた　憩わん

Über allen Gipfeln
Ist Ruh,
In allen Wipfeln
Spürest du
Kaum einen Hauch;

Die Vögelein schweigen im Walde.
Warte nur, balde
Ruhest du auch.

という、形式もリズムも自由で自然な八行の短い詩である。豊かで大きな世界を内包した名作として世に知られており、平安を希求する第一の詩に対する充足とも言える。

第一の詩(おんみ　天より来たり)は、政治という未知の世界に引きこまれ、自らもとびこんでいこうとする直前の不安をうたっている。それから四年半後、同じ題名の第二の詩(峯々に　憩いあり)は、政治行政の中枢にあって自信満々の活躍中のひとときの感懐と言っていい。

第一の呼びかけの詩は、実は詩人の私的な個我の内側だけの感懐であった。ところが四年半後の同じ主題を追っている第二の詩は、大きな自然と(安らぎのない)人間との対比が簡潔壮大にうたわれている。これほどの変化発展を来たらせたものは、詩的表現の熟練もあっただろうが、むしろ現実の社会生活への関与と責任の重さだったのではあるまいか。

当時のヨーロッパでは一七六〇年代にオランダ・イギリスで産業革命が興っているが、ドイツにはまだ及んでいない。産業革命はゲーテの晩年にようやく波及してくる。封建制はとうに脱してはいるものの、啓蒙絶対主義の領邦君主国であるザクセン＝ワイマル＝アイゼナハ公国は、それなりに政情の安定した小国ではあった。ただし、当時のドイツの三〇〇を数える領邦同様、財政的には貧しかった。産業は農業あるのみで、ごく僅かに織物や陶器の規模の小さい工場があるばかりだった。

幸いにも同じ啓蒙絶対主義でもプロイセンのような強大な軍国主義ではなかった。主権国家として軍隊を必要としながらも、軍備より文化をもって国を興そうとした若い君主カール・アウグスト公とゲーテは、終生よき友情と信頼関係を保ちえたのだった。このワイマルだからこそ、若いゲーテは思いきり社会活動に生きることができた。

若いゲーテの二十六歳から三十七歳までの足掛け十一年(一七七五年から八六年)、実質十年間のワイマル生活は専ら政治活動だった。この間、彼の詩的感性と現実の政治とはどのように関わり合ったのか。知性と権力はいかように切り結んだか。右の二篇の詩「旅人の夜の歌」を手がかりに追ってみよう。

とくには第二の詩成立の時と場所、その内容を確かめ、言語の音色をさぐり、普通はあまり触れられてこなかった韻律や、日本語を含む諸外国語への翻訳、シューベルトの作曲などを楽しみたいと思う。しかし同時にどうしても考えずにはおれぬことが、三つのテーマとなって私の心の中に形をとってきた。

第一に、ワイマルはどのようなところだったか。若いゲーテが文学活動を犠牲にしてまで約十年余りも、行政官として懸命に働いたワイマルとはいったいどのようなところだったのだろうか。そこで彼は政治の分野で何をしたのか。詩人は政治家でありえたのか。ワイマル初期の十年に限るのは、その後彼がイタリアに約二年滞在して有給休暇を楽しみ、帰国後はトップ行政職の重責から巧みに身を退いて、ワイマルで長寿の一生を了《お》え、多くの文学作品を残すことになるので、ゲーテの実社会での政治活動を考えるには最初の十年が最適の時期だからである。

次に、第二の詩はゲーテ自身がのちに「憩いの歌」とも呼んだもので、自然と人間のあいだが美しくも緊張をはらんで対立している。自然のなかへ人間が融け入っていく日本的な自然観とはまったく違う世界である。自然をうたっていると見えて、実は人間「我」の不安を語っている。人間が自然のなかにとけこまないで、向かい合っている。ここにヨーロッパ文学の本質がある。

第三に、このようなゲーテに代表されるドイツもしくはヨーロッパ的な知性豊かな人間的文化が花開いたそのワイマルで、二十世紀に入るとナチ党が地道に地方組織から権力を積み重ね、ついには全国で国権を奪い、ワイマルでは北縁の小山に凶悪な蛮行の跡を刻んだ。きわめて小さなワイマルは、ヒューマニズムとファシズムの舞台となった。

そして第二次世界大戦後は旧ソ連がこの小山のブーヘンヴァルト強制収容所を引き継ぎ、六年間にわたり多くの反共ドイツ人を虐殺した。そのことは旧東独内にも全世界に対しても完全に秘匿された。

静かなワイマルから北方のなだらかな丘のような小山を見やると、かなたにこの町の、ドイツの、いや人類の歴史が見えてくる。ゲーテがかつて「旅人の夜の歌」(おんみ　天より来たり)を書いた小山である。

ワイマルは言うまでもなくかつてJ・S・バッハがおり、十八世紀後半からはゲーテ、シラー、ヘルダー、ヴィーラントといった詩人文学者が集まり、ここに骨を埋め、のちにはリストもここで全欧の多くの俊秀をすべて無償で育て、ニーチェが生を終えた文化都市だった。人が人らしくあるヒューマニティそのものの文化の地。そして二十世紀には大公国の王制が無血平和裡に市民の議会制に移行し、さらにドイツの誇りと言ってもいいだろう、当時の世界で最も民主主義的な「ワイマル憲法」制定のところとなる。しかし、ゲーテが政治家として働いたこの町は、その後いったいどのようなところとなったのか。緑深い小山の向こうまで目を向けてみよう。

目　次

Ⅲ　のちの日々に

Ⅳ　ブーヘンヴァルト強制収容所

I

ワイマル

ワイマル城，南正面

ゲーテ略年譜

一七四九年八月二十八日　自由都市フランクフルト・アム・マインに生まれる。

一七六五年（十六歳）　ライプツィヒ大学法学部入学。

一七七〇年（二十一歳）　シュトラースブルク大学で法律を学ぶ。翌年卒業、フランクフルトで弁護士開業。

一七七四年（二十五歳）　『若きウェルテルの悩み』出版。

一七七五年（二十六歳）　ワイマルに招かれる。

　アメリカ独立戦争始まる。七六年独立宣言。

一七八〇年（三十一歳）　詩「旅人の夜の歌」（峯々に　憩いあり）。

一七八六―八八年　イタリア滞在。

一七八九年（四十歳）　フランス革命。

一八〇六年（五十七歳）　『ファウスト』第一部完成。

　ナポレオン軍ワイマルに入る。

一八〇九年（六十歳）　『親和力』完成。自伝『詩と真実』の仕事始める。

一八一九年（七十歳）　『西東詩集』。

一八二九年（八十歳）　『ウィルヘルム・マイスターの遍歴時代』、『イタリア紀行』出版。

一八三一年（八十二歳）　『ファウスト』第二部完成。

一八三二年三月二十二日　ワイマルにて永眠。

一　手　紙

私が若かった頃、ゲーテの町ワイマルは遠かった。

ワイマルは、ドイツとヨーロッパをふたつ重ねてまっぷたつに分断した「鉄のカーテン」からさらに遠い東にあって、二十世紀の第二次世界大戦後何十年ものあいだ、日本からは容易には旅して訪ねていくことのできない、遠い町だった。

明治時代以来、多くの先人たちが静かな小邑《しょうゆう》ワイマルについて語り伝えてくれている。とくにワイマル憲法とワイマル共和国は私たちにもよく知られている。しかし戦後は、日本からは財界の大物か政治家、それにスポーツ選手ででもなければ、ゲーテやシラーが住んで生涯の終わりまで働いたワイマルに行くことはかなわなかった。

一九七三年に我が国と社会主義国ドイツ民主共和国（DDR、通称東独、東ドイツ）とのあいだに限定的ながらも外交関係が結ばれてからは、年とともに少しずつ事情はよくなってきたらしい。数年して私もなんとかしてワイマルに旅していこうと思い立った。そこで先ず、東京に開設された東独大使館に、入国許可のヴィザ発行を申請した。するとしばらくしてからの返事は、「あなたがワイマルのいずれかのホテルに予約をし許可を得たならば、ヴィザを発行しよう」という。さっそく多くの人が十七世紀以来愛したエレファント・ホテルの所番地を調べて二泊三日の予約を手紙で申しこんだ。するとその返事は、「在日DDR大使館発行によるヴィザの番号と日付をお知らせくだされば、予約を受けつけます」という。両者に何度頼んでも同じ、いつまでもいたちごっこだった。このままではほとんど永久に許可は出ないにきまっている。私はしかし諦めきれなかった。

勇を鼓《こ》して、名も知らぬワイマルの市長さんに事情を訴える一筆を送った。国際郵便は目的地に着くだろうか。不安だった。するとどうだ、「あなたをワイマル市の客人としてお招きします。若いあなたのドイツ語ドイツ文学研究のお役に立てれば幸いです」と手紙が来た。無謀にも私からあの一通の手紙を書いてよかった。

市庁舎広場（マルクト広場）に面した古いエレファント・ホテルでは、玄関のすぐ上、二階のバルコニー付きの二一六号室に入れてくれた。

さわやかな初夏の夕方、中世のままの石だたみの道を歩いて自分の靴音を聞きながら静かな町を抜け、イルム川の木橋を渡り、二十六歳でこの町に来たゲーテが八歳年下の、即位して間もない君公カール・アウグストから贈られて数年住んだガルテン・ハウス（庭苑の家・山荘）を訪ねた。

広大な、イギリス風の公園の端に亭々と聳える木立のなかに、木造りの質素な小さい建物がある。この公園全体はのちにゲーテがイギリスの造園法をよく学んで改めて設計したものだった。二階には彼が物書きをするのに使った、斜めの立ち机がある。そういえば、フランクフルトの生家にある部屋にも、インクのしみを一杯散らした普通の座り机の横に、創作用の立ち机があった。ゲーテは晩年まで立ち机に向かって創作をした。二十世紀の詩人リルケも詩作をするときは、立って斜めの机に向かったのだった。オーケストラの指揮者の譜面台のようだ。

そとに出るとゲーテが手植えしたバラが板壁に高く這いつたっていて、たくさんの真紅の花に夕日があかあかと射していた。広大な草原のかなたのお城の塔の鐘が、夕べを告げて鳴った。ワイマル城は青年ゲーテがこの地にやってくる一年前に焼け落ち、何年もしてからゲーテの苦心もあって再建されたもので、ゲーテはこの鐘の音を毎日聴いていたのだ。


それから何年もたったある初夏の一日、ワイマル市内にある「ゲーテとシラー・アルヒーフ」(アーカイヴ、古文書館)を訪ねた。何年も前から同館の存在は知っていたが、不勉強な私は思い切って訪ねることをしないできた。

ドイツではフランク王国のカール大帝以来、どの領邦や独立自由都市でもそれぞれにアーカイヴというものが文書記録のために整備されて現代に至っている。法律や行政関係だけでなく、人文系の書誌学や文献学などの学問分野にとっても大切な研究の場だろう。しかし私は、そこは何となく風通しが悪くて黴《かび》臭い匂いのする薄暗いところに違いないと思いこんでいて、何度かワイマルを訪れても、ワイマル公国のお城からすぐそこに見える、イルム川を東に渡った坂の上の大きい石造りの建物を訪ねる気にはなれないでいた。縦横一メートルはある地元産砂岩の切岩を積み重ねた、四階半の建築がコケ威しのようにも思えてならなかった。どうせ古い書類や図書が苔むしているのだろう。活きいきした文学書などをそろえる図書館ならばお城の南に母公妃アンナ・アマーリアの設けた壮大な図書館があって、その方が私には好ましい。博物館へはこの地に棲んでいた古代の象の骨でもたのしく見に行くのだ。アーカイヴには縁がない。と、そう思ってはいたが、それでいてこのドイツの誇る国内最大のアーカイヴはニーチェ、リルケ、カフカに至るドイツ文学史上の重要な作家詩人たちの手稿や日記、手紙類を広く集めており、何よりもゲーテとシラーについては手稿を主として計り知れぬほどの厖大な資料を蔵して整理出版もしているから、いつまでも無視し切ってはいられないだろうという密かな予感はあった。

青年ゲーテは生地フランクフルトで作家、ジャーナリストそして弁護士として華々しい活躍を数年続け、『若きウェルテルの悩み』という、新しい書簡体の小説で一気にドイツばかりか全ヨーロッパの域を超える人気作家となった。手紙という形式には、情感を読者に対して二人称でいわば直接的に伝える効果がある。ヨーロッパの十八世紀は手紙・書簡文学の時代だった。リチャードソンの『パミラ』、J・J・ルソーの『新エロイーズ』、ラクロの『危険な関係』など書簡体小説が盛んだった。小説ではないが、モーツァルトもよく手紙を書いている。

ゲーテは一七七五年、二十六歳の年の秋にここワイマルに招かれてきて、八十二年七か月に至る長寿の生涯をこの地で過ごすことになるが、到着するとたちまち行政官、政治家として全力投球をすることとなって満十年。イタリアへ長期有給休暇二年の旅に出るまで、私的には日記と雄弁この上もない厖大な量の書簡を残している。とくに七歳年上の、元ワイマル公国宮廷女官シャルロッテ・フォン・シュタイン夫人宛にプラトニックであったらしいが熱烈な愛情のあらわれでもある手紙を書いたのが、大事に保存されていてその数は十年間で一七七二通にのぼる。隣家に近いところに住み、たえず実際に会っているのに、その上の手紙だ。よくも書いたものである。ただし彼が足かけ三年ものイタリア滞在を終えてワイマルに帰国すると、ふたりのあいだはすでに冷えきっており、ゲーテが若い造花作り娘クリスティアーネ・ヴルピウスを自宅に入れて内妻とすると、シュタイン夫人の方から関係は断絶し、ゲーテからの手紙はシュタイン夫人からゲーテの手元にすべて送り返された。それがこの一七七二通である。一方、夫人からの手紙はすべてを取り戻した夫人の手によってすっかり処分され、絶交状に近いものを除いては何も残っていない。

ゲーテからシュタイン夫人宛に送られたり手渡しされたこれらの手紙は、写真や翻刻などで見る限り、宛先人つまりシュタイン夫人の名はむろん何かの呼びかけがほとんどない。いきなり本文で始まるものがほとんどで、「よき人よ」ぐらいの呼びかけは少しはあるけれども、手紙をよく書いたマルティーン・ルターもそうだったようにドイツ人の書く手紙には必ずある冒頭の、宛名と「拝啓」に当たるとも言える呼びかけがなく、いきなり日常会話と同じ語気の文体そのままの文章が記されている。これは常識はずれの異例のことである。

両者のあいだには、あるいは少なくともゲーテの側からシュタイン夫人に向かっては会っても会っていなくても、夢のなかでも日夜絶えることなく言葉による話しかけが続いていて、会話も手紙も同じ流れであったのだろう。だから手紙の文頭に改めてかしこまった呼びかけをしなくてもよかったのだろう。それとも堅苦しい性格と立場のシュタイン夫人からの許しがついぞないので、「いとしいシャルロッテよ」、「わがロッテよ」などと呼びかけられなかったのか。あるいはかしこまって「親愛なるフォン・シュタイン夫人よ」と書いては気持ちにそぐわぬ嘘となったのだろうか。

それとも、と私には疑う気持ちがないではない。ひょっとするとゲーテ自身はドイツ人の手紙には必ずあると断言していい「呼びかけ」を記したのに、シュタイン夫人か後世の誰かが、鋏かナイフで書簡用線の上端のその部分をことごとく上手に切り取って廃棄したのかもしれない。もしそうだとしたら、これはひとつのミステリーではないか。誰が、いつ、どのように切ったのだろうか。切り跡はどうなっているのだろうか。ひょっとするとシュタイン夫人は秘密保持とまではいかないものの、いわゆる個人情報保護のために、そこまでしたかもしれないと疑えないだろうか。

手紙を入れる封筒というものは十九世紀になって英国で用いられるようになった。十八世紀ゲーテの時代のドイツには市販の封筒はなかった。封筒はなくても信書の秘密は守られた。公文書等では折った紙の合わせ目に蠟をおとすとか結んだ紐に蠟をおとしたり、いろいろあった。ゲーテが自分で封筒らしきものをつくったことはあったが、それはごく稀で、彼も夫人宛以外でも折り重ねた書簡用紙の端に宛先人の名と住所を記した。今までに公刊されているゲーテの夫人宛の手紙の印刷物や写真ではそのあたりがどうもわからない。最近これら一七七二通に及ぶ夫人宛書簡すべてがインターネット用にデジタル化されているが、それでは実物の大きさや紙の質、はたまた私のおそれる鋏のあとなどはわからない。アーカイヴに大事に整理保存されているのなら、その原文をこの目で確かめておいたらどうだろうか。私はそのように考えるようになった。そしてとうとう腰をあげた。

定宿にしているマルクト広場の、ワイマルでいちばん古い、それでいて雰囲気があたたかいので気に入っているエレファント・ホテルを出る。玄関のガラス扉を押して開けると、一段下のすぐ足もとから黒い切石の石だたみの広場が湖水のさざ波が立つ水面のようにひろがっている。煉瓦の半分くらいの大きさの敷石の頭部は丸味を帯びていて、このような敷石用の石は「頭骨石《コップシュタイン》」と呼ばれている。高さが二〇センチほどの石材を広場や市内の全道路に何万本も一個ずつ埋めこんでいく舗装作業は気が遠くなるほどに手間がかかるが、出来上がった舗装は水はけがよく、長もちがする。パリの都心にもつい先年まであったが、学生反乱のとき学生たちが敷石を投石に使ったのでフランス政府はすべてをアスファルトで埋めてしまった。

マルクト広場を横切ってお城の裏手にまわると、頭骨《コップ》敷石の道をへだてた北側に王宮に劣らぬくらいの大きい建物がある。かつての王宮厩舎だという。主馬寮《しゅめのりょう》つまり交通局で、常時一五〇頭ほどの馬を揃えていた。その東側のイルム川に架かる橋を渡って坂をのぼると、目の前にアーカイヴのこれまた大きな石造の建物が聳え立っている。私の弱い足で宿から十五分くらい。ワイマルはどこもが「近く」にあり、「遠い」ところがない。

坂の上から振り返ると、眼下にワイマルの全市が一望のもとにある。濃い深々とした森のなかに町全体が埋まっていて、静かで、美しい。きりりとまとまり、手のうちに入りそうに小さい町。空は大きくて青い。電線がない。北の方に、これまた緑にこんもり蔽《おお》われた小山がなだらかに東西にのびきった稜線を見せている。エッタースベルクの山だ。離宮があり、そしてナチの強制収容所ブーヘンヴァルトが日夜人体を焼くねばっこい悪臭の煙を吐いていた小山。ワイマルはドイツの中で最も美しいところのひとつであったが、しかし同時に最も凶悪なところでもあった。私は打ち叩かれる思いで溜息をつく。

さてアーカイヴは全館の内装外装の改築改装中につき、視察も参観も展示も当分行わないとあらかじめ知らされていた。しかし幹部研究員の誰かと面談はさせてくれるだろう。いろいろ質問もしたいのだ。私の年齢体力からいって、もうこの時しか折はない。思い切って正面玄関の工事中の重いドアを押した。

来意を告げると仮受付カウンターにいるごま塩頭のおじさんが一、二のところに館内電話をかけた。中年の広報課長という人が現われ、改装中の自室に案内し、説明をしてくれ、やがてゲーテ全文献編集委員という人を呼んでくれた。この人が私の率直な希望を聞くと深くうなずき、二階の広い自室に招き入れ、「改築改装中のためゲーテの手紙の実物をお見せできなくて残念ですが」と言いながら、仕事机に並んで座り、ゲーテ当時の手紙のつくり方、書き方、送り方などを写真やインターネットの画面も見ながら説明してくれた。職種のいかんにかかわらずドイツ人はみな個室で仕事をするのだ。Dr E・Rという四十代半ばぐらいの小柄で厳しい表情の、しかし言葉の端々までしっかりした女性だった。

ゲーテがシュタイン夫人宛に出した手紙と、さらに書きはしたものの送付せず手もとに置いたままのものも含めると夫人宛だけで総計一七七二通が知られている。そのうち当館にあるのは一七四八通。その多くは二ミリほどの、色の縁取をした用紙で、10×9センチか17×12センチの無地の白紙。これがゲーテ愛用の大きさだった。その半分を切り取ってほんの数行文字を急いで書きつけたものもある。まるで携帯電話のメール文のようだ。それをゲーテは生地フランクフルトのヘッセン方言でZettelgen［ツェッテルゲン、ツェッテルジェン］「メモ伝票ちゃん」と愛称していた。それらすべてについて、四辺の縁取や紙の上端が切り取られた跡はまるでない。つまり宛先人の名を記したかもしれぬ部位を切り取った跡はまったくない。私の勝手な想像ははずれた。Rさんはニコリともしないで話を続ける。手紙の用箋である。

たいていの場合、縦長にした用紙を三つ折し、重ねた端にでんぷんで作った糊をつけるか、あるいは三つ折の両端を二センチほど折り曲げ、強いて日本風に私が言えば箸入れのような形にしたものもある。夫人宛のものには稀だが、蜜蠟を垂らし、印章を捺して封したものもある。結び紐は使わなかった。三つ折した用箋の裏に、シュタイン夫人、場所（市内、あるいは南郊の居城コッホベルクなど）、とそれだけ記したもの、それもないものもある。使いの者に口頭で届け先を指示したのだろう。ごく小さい7×10センチほどのメモ風の紙の場合には、鉛筆ほどの太さに丸め、二センチ幅ほどに指で押しつぶした、ラテン語でFidibus［フィディブス］という、一種の結び文も送っている。これが愉しい。文末のサインはいつも筆記体のG一文字。

当時の郵便は一五一六年以来、神聖ローマ皇帝勅許の帝国貴族タクシス家独占の郵便馬車があり、のちにプロイセンに買収されるまで続いた。重量×距離で計算し、受取人が料金を払う仕組みだったが、ワイマル領内ではゲーテは家の使用人か、連日朝夕に回ってくる軍の軽騎兵に運ばせた。これは確実に、速く届いたし、料金も無料だったが、ゲーテは使用人の場合は毎回小額のチップを与えた。

節約を徳目とするドイツ人らしく、ゲーテは紙を非常に大切に使い、手紙の場合も紙面の天地を空けずに書き埋めている。左右は二センチずつほど空けてある。ないものもある。

ゲーテがシュタイン夫人以外の約一万四〇〇人もの人に宛てて出した全生涯の書簡は、このアーカイヴに集められたものだけで総計一万五〇〇〇通。ゲーテ宛に送られてきて彼が受け取って保管していたものが二万一〇〇〇にのぼる。むろんこれが生涯の全部ではないだろう。

ゲーテからの手紙のかなりのものは十九世紀末から二十世紀初めにかけてすでにあったこのアーカイヴ発行の『ワイマル版全集』という世に有名な重厚な皮表紙張りのWeimarer Ausgabe（一四三巻）のなかに収めて印刷されているが、時代とともに研究も進み、一九五〇年以後に世界中でゲーテの手紙がなんと二〇〇通も新たに発見されているので、それらすべてを加味して今改めて書簡全集を当館が出し始めている。全三十九巻。「できるだけ精緻な注を施している」と編集責任者のRさんは真面目に威張って言った。

手紙というものは相手との対話なのであるから、本来はゲーテからの手紙だけでなく、関連する来信や返信も同時に並べ合わせて出版すべきであろう。出版するからにはそれらにも詳細な注をつけなければならない。注のない本文だけの出版では意味がない。しかしその作業は途方もなく大きいエネルギーを要するので、来信については現段階では活字による印刷出版を諦め、その代りにインターネット用のデジタル化を行っている。そういう時代なのだ。

さてこういった興味深い話のあと、私たちは実はさらにゲーテの真の恋人はシュタイン夫人ではなく、母公妃アンナ・アマーリアだったとするイタリア人法律家・独文学者ギベリーノの詳細を極める「ゲーテの禁断の恋」という新説についての意見交換を行った。その結論は、本書半ば（七二―七三頁）に記すこととする。

ドイツ語で物事を論じ合う立場を離れてかなりになるので、果たして充分論じ合い、質問もできるかを自らふと案じもしたが、意外にも神経と意識がよく働いてくれたのを私は自ら認め、「来てよかった」と思い、再会を約して辞した（時と所を改めてライン河畔デュッセルドルフにある、インゼル出版社主キッペンベルク設立の「ゲーテ博物館」を訪ねた。ここにはゲーテ自筆の夫人宛書簡実物が一通ある。かねてから親しい司書のDr Hほかふたりの館員がうやうやしくささげ持って見せてくれた。縁取をした用箋の裏側に、宛先人の名が太いペンで記されているのが透けて見える）。

十六歳でライプツィヒ大学生となった頃のゲーテは、やや乱暴な筆使いをしていたが、ワイマルに移ってからの彼の筆はなめらかでのびのびと美しいとしか言いようのないものとなっている。とくにシュタイン夫人と出会ってのちは。

何と豊かなコミュニケイションを世界と人とに対してあえて行うことのできる人だったのだろう、ゲーテという男は。詩作も小説も劇作もそして自然科学の諸論文も、いくつもの画も、すべてはゲーテが世界および自分自身とのびやかに交わすことのできたコミュニケイションの現われだった。しかし実人生においては、ゲーテも幾度となく絶望的な奈落の淵に立ったことがある。そうであったればこそ彼の朗らかさは偽物ではなかったと言えるだろう。

ワイマルのアーカイヴ「ゲーテとシラー・アルヒーフ」からの帰途の道はすべて黒い切石の石だたみである。敷石のうえにコツコツと靴底を打ちつけながら中世風の石だたみの道を歩いてホテル・エレファントに帰る途中、私は思った、ワイマルに来たばかりの若いゲーテはたちまち閣僚にさせられ、なかでもきわめて貧しく乏しい国家予算の切り盛りをして道路建設と石だたみ舗装を懸命に進めたのだったな、と。その道をこうして今、歩いているよと、ゲーテ本人宛に手紙を書きたいような気持ちになっていた。もしそうするなら、文書冒頭の呼びかけを何と記したらいいだろう。むろん晩年の気難しい老大家宛ではなく、詩「旅人の夜の歌」をつくった頃の若いゲーテに語りかけるだろう。そして社交儀礼を重んじた丁寧な「貴方、貴殿」でなく、若いフェーリクス・メンデルスゾーンがゲーテとのあいだでしたように「きみ、ぼく」の文体で書くだろう。「ほら、こうやって、ウィーンのフランツ・シューベルトが作曲したあの歌を口ずさんでいるんですよ。いい歌だなあ」と。

二　ワイマル到着

夜明けの星が硬く光っている晩秋の空の下を、物音ひとつないワイマルの町なかに、鉄張りの轍《わだち》を石だたみに軋ませ蹄鉄《ひづめ》を踏み鳴らしながら一台の馬車が南から走りこんできた。ワイマル市内を東西と南北に走る主要道路がちょうど十字に交わる市内中心部の「鍋屋広場《テップフェン・プラッツ》」、現在のヘルダー広場へ入ってきた。ほんの一筋、一区画東には前年に焼け落ちた公国の城館があるがそちらに寄ることはない。鍋屋広場に面して西隅に鋭く三角形の白い破風《はふ》壁を見せる三階建ての建物の前に停まった。建物の角の壁に、馬車についているのと同じ形の角燈が鈍い光をあたりに投げている。

大型の長距離馬車はワイマル公国の宮廷さしまわしのもので、車体がかなり高い。右側の扉を内側から開けた青年が、跳ぶような足どりで降り立った。二十六歳のゲーテがはじめてワイマルに到着した一七七五年十一月七日午前五時である。

馬車ははるか西方の帝国直属自由都市フランクフルトから足かけ三日、フランクフルトとライプツィヒを結ぶ、けっしていい道とは言えない街道の夜道をひた走りに走ってきた。寒い夜明けだったが、ゲーテは眠気も疲れも見せない。転がるようにあとから急いで降りてきた公国侍従のカルプがフランクフルトまでゲーテを迎えにいき、カール・アウグスト公の賓客として同行してきたのである。目の前の家はザクセン亭《ホーフ》と呼ばれる古い由緒ある建物で、市内では現在でも最も古い建物のひとつだが、第二次大戦中に連合軍の爆撃で破壊されたのを戦後もとどおりに建てなおしたもので、今はその名もザクセンホーフのまま料理店になっている。ゲーテが到着したそのときには、宮廷侍従長カール・カルプの持家だった。君命によってゲーテを迎えにいったヨハン・カルプは父親と同じ侍従をつとめていた。父子はゲーテをこの日から翌年の三月まで、客としてこの家に泊めてもてなした。

貴族階級には属さぬ平民（市民）で一介の青年文学者とはいえ、どうやらワイマルでの将来が大きく保証されているらしいゲーテと、招いた主君アウグストにもおもねる思いの、多少の打算があったのかもしれない。ゲーテは二階に、そして大きな荷袋を抱えて同じ馬車から降りてきた、ゲーテ家の従者ザイデルは階下に一室をあてがわれた（フランクフルトの両親の家に妹コルネーリアの付き人として雇われていたフィリップ・ザイデルはゲーテの母の配慮により、従者、秘書、会計係としてワイマルに付き添い、その後長くゲーテをよく助けた。信書の記録や旅の日記をつけ、経理の一切をまかされていた。イタリアからワイマルに戻ったゲーテがのちに正妻となったクリスティアーネを家に入れると、ゲーテはザイデルのため財務局勤務の公職を用意してやり、老後を保障して長年の奉仕に報いた）。

こうして思わざるワイマルでの長い一生が始まった。

その後数年、ゲーテより二歳年上のむすこカルプはゲーテと並んでカール・アウグストの寵臣だったが、三十五歳の年に財務長官という要職にあって不正行為のゆえに解任された。この男についてゲーテはこう人物批評をしている。

「実務家としてはまあまあ中位、政治家としては拙劣、そして人間としては嫌悪すべき行動をしていた」。

誰とでもあけひろげに付き合えたゲーテは、敵をつくらぬ八方美人ではなかった。後年に大臣となっても役人、高官つまり公務員の不正は絶対に許さなかった。厳しい法律家を父に持ち、自らも法律を学び何年かはフランクフルトで弁護士をつとめたからだったとも言えるが、いい意味の堅いドイツ人気質の持主でもあったろう。

ヨハン・カルプ解任のあと、カール・アウグストはすでに鉱山開発、軍事等の委員長(長官)であったゲーテに、財務長官を兼任させた。重責である。

さて公国領主のカール・アウグストは、その年十八歳でザクセン＝ワイマル＝アイゼナハ公国の領主となり、十七年にわたって摂政をつとめた有能な母アンナ・アマーリアから主権を譲られたばかりで、時代にふさわしい英明な啓蒙君主たらんとし、多くの国々とおなじように著名文化人を宮廷に呼び雇用、厚遇しようと考えていた。多くの国々と言ったが、「ドイツ民族の神聖ローマ帝国」と呼ばれるドイツは当時まとまった統一国家ではなく、大はオーストリア、プロイセン、ハノーファー、中はザクセンやバイエルンなど、そしてその他は約三〇〇のそれぞれ主権を持つ小邦に分裂分立していた。長子もしくは一子相続制が確立していなかった帝国で、どの小邦領も専制的か啓蒙開明であるかを問わず絶対主権を持つ領主が、人口の一パーセントほどの貴族階級の上に君臨し、大国フランスのヴェルサイユ宮殿を羨みつつも、それぞれに小国なりの啓蒙絶対主義の国政を行っていた。

ゲーテが客人として招かれてきたとき、ワイマル公国全体の人口は十一万人弱。農業しか生産手段はなく、当時の日本農村の生産性より多少上だったとしても、あえて当時の日本にひき比べれば十一万石の小邦国と言えるだろう。ワイマルの市内中心部を除いては街路の舗装はなく、街燈も乏しかった。公私ともに貧しく、公共の水道はなく、燃料は薪だった。産業革命の波はまだドイツには及んでいない。

到着後、僅か半年してゲーテがワイマル公に仕える身分になったとき、異例にも年俸一二〇〇ターラーとなったが(のちに一八〇〇ターラー、さらに後半生は三一〇〇ターラー)、帝国のどこでも通用するターラーは、諸説があるが貨幣価値としては約一万円強と考えると、ゲーテの年俸はけっして悪くはない。大学教授の年俸がおおむね八〇〇―一〇〇〇ターラーで、市民一般の年収は二〇〇ターラー、農民は現物収入があるとはいえ、現金の収入はよくて年に一〇〇ターラーだった。いや、八〇ターラー以下だったという説もある。

フリードリヒ・シラーがイエナ大学に教授として迎えられ、ゲーテと並んで帝国貴族に叙せられても年俸は八〇〇ターラーだった。ゲーテは厚遇された。

一ターラーが一万円強という計算は貨幣価値と購買力からすると過小評価にすぎるかもしれない。しかし同じ頃イギリスの文人カーライルが一夏にボート遊びのために使ったお金が、換算すれば一人一二〇〇ターラー以上に当たるとされる。ドイツは貧しかった。三十年戦争の前にはドイツはヨーロッパのなかの財政的にも文化的にも先進国だった。しかし全国が焼け野原になった三十年戦争後、小邦分裂のままのドイツは七年戦争もあって立ち直りが遅い後進国で、きわめて貧乏だった。英仏、スペインやポルトガル、オランダのような植民地獲得に出ていく力も発想もない。国力、民力の差はますます大きくなるばかりだった。領邦の中には強制徴集した兵士を、イギリスやフランスなどに貸したり売るところもあった。そのお金でヴェルサイユの真似をして小離宮を造営しようなどというのだから、言語道断である。小領邦(小国)ワイマル公国には兵士を外国に売るほどの余力もなかったが、それでも軍備費は国家財政にとっては重い負担だった。ワイマルに定住して国政に参加したゲーテの行政官としての功績のひとつは、兵力の大幅削減だった。それについては後述するが、公国はそれ以前にも大国プロイセンから兵力提供を強く要請されて苦しんだ。その問題を巧みな外交でうまくまとめたアンナ・アマーリアが、カール・アウグストの母后であり、客人の青年作家ゲーテを高く評価してゲーテの政権入りを誰よりも強くサポートした人物である。

カール・アウグストはゲーテをワイマルに留まらせようとしてかなり苦心をした。なぜ平民の、貴族でないことはもちろん、行政も政治の経験もない人物なのにこれほど高く評価し、あつい信頼を置いて一生変わらなかったのだろうか。少なくともまったく初期の頃、なぜいわば全力をあげてゲーテを引きとめたのだろうか。その理由のひとつは、右に述べたように、文人文化人を宮廷に招くのが当時のいわば見栄を張る諸邦の流行だった。プロイセンのフリードリヒ大王はフランスのヴォルテールを招いて長く引き留めたし、アンナ・アマーリアは次男コンスタンティーン公子の教育係に当時最も名高い文学者のひとりクリストフ・マルティーン・ヴィーラント(一七三三―一八一三年)をワイマルに招き、一生をこの地に過ごさせた例もある。彼の年俸は一〇〇〇ターラーだった。

しかしカール・アウグストはただの見栄だけでゲーテを招いたのではない。後述のように前年フランクフルトでゲーテに会ったとき、偶然手もとに置いてあって封も切ってなかった政治家・政治学者メーザーの書物の内容をゲーテがすでによく知っていて、明快なメーザー評と政治論をするのに感嘆し、深い信頼を抱いて一生変わらなかった。君主の存在は孤独なものである。カール・アウグストは八歳年上のゲーテを、最も身近な相談相手として置きたかったに違いない。そしてその希望と計画はけっして間違ってはいなかった。

カール・アウグストの期待にゲーテは充分に応えた。外交問題だけはやや別として、ゲーテは政治万般から公の私的結婚生活にいたるまで余人をもって代えられぬよき相談役だった。そしてもしゲーテがいなかったら、ワイマルはけっして歴史に残る「文化都市」ではありえなかったろう。森陰の貧しい小国の都市でしかなかったであろう。

君主をいただかぬ帝国直属自由都市のフランクフルトで富裕な市民階級の家に生まれ育ち、生活のための金銭の苦労をいっさいする必要のない恵まれた二十六年の歳月を過ごし、才能をいっぱいに開き咲かせ、何ものにも束縛されぬ文化的な生活を送っていたゲーテ。詩は個人としてプライベートに作っていたから「職業としての」詩人ではなく、作家として世に知られ、シュトラースブルク大学卒業後フランクフルトで弁護士の仕事を始めていた。ほとんど父親の手助けによったと言われてきたが、原則として法廷弁論のない当時の裁判・弁護事務はすべて手書きの書類によって審理されたのであって、明らかに若いゲーテらしい用語と言い回しと筆跡の文章が残っている。多くの知己、友人に恵まれてきた。
それなのになぜ小国ワイマルの宮仕えに一生を送ることになったのだろうか。おそらく先ず第一には、規律にうるさい、真面目すぎる父親の束縛を逃れたかったのだろう。

父からぼくは体格と
まじめな人生の生き方を受けついだ。
母ちゃまからは快活な資質と
お話をつくって語る楽しみを。

ずっと後の晩年に両親を詩にこううたっているように、彼は法律家の父親から頑健な体格といかにもドイツ的に規律正しい律儀な生活様式・勤勉さを受けついだ。たとえば複式の家計簿を一生きちんとつけていたことや、自宅の食器類の数をそらんじていたり、肌着のシャツ類はアイロンをかけたものしか着なかったことなどからもうかがえる。それでいて気難しい二十歳も年上の夫のもとに嫁いだ母、学問などはないが南方的に明るく朗らかな性質、お話をつくって人に語って聞かせるのをたのしみとする芸術家的芸人的資質を母親から受けついだ。「母」Mutter でなくて終生「母ちゃま、母チャン」Mütterchen と呼んでいたらしいのがほほえましい。
父カスパル・ゲーテは、むすこが諸領邦のどこにせよ宮廷につとめることには反対だった。社会のなかで新しく力をつけてきた都市市民としては、貴族が絶対的な力を持つ旧態依然たる宮廷にむすこをやりたくなかった。彼自身はどのような職にも就かず、父祖の遺した財産のきめ細かい運用だけで、市内に大きな(井戸が屋内にふたつもある、五階、一戸建ての)堂々たる家を構え、むすこヴォルフガングとその妹コルネーリアの教育費は惜しまなかった。下にはなお四人の弟妹が生まれたのだが、みな二歳から十二歳のあいだに死んでいる。乳幼児死亡率は高かった。逆に言えば、むすこゲーテのように真に丈夫な子だけが生き延び成長することができたのだ。

むすこヴォルフガングは幼いときから詩作の才があり、文章発表能力や記憶力、暗記朗読力は抜群だった。ライプツィヒとシュトラースブルクの大学で学び、帰郷して弁護士を開業したが、何人ものアンファン・テリブル的な友人のサークルのなかでリーダー格になって奔放な文学活動をし、個人的にはたくさんの、今までのドイツにはなかったような新しい自然な詩を書いていた。またさまざまなジャンルで書きかけの作品は多く、なかでも完成した『ウェルテル』はベストセラーである。版を重ねて、何千何万部もの海賊版が現われた。しかしながら、ベストセラーとはいうものの、海賊版からはむろん印税はない。出版の印税だけで生計を立てることは不可能であった。何らかの勤めをしなくてはならない。ヴォルフガングは密かに二、三の宮廷勤務の可能性を探っていた。フランケンのマイン河畔にあるヴュルツブルクは豊かで大きい領国都市だが、カトリックの宮廷だからプロテスタントのゲーテには合わない。マンハイムのことも考えた。そこへワイマルのカール・アウグストが一七七四年十二月成人記念のパリ旅行の途中フランクフルトに寄ってベストセラー作家のゲーテに会い、翌年九月にダルムシュタットのルイーゼ王女と結婚のための旅で再びフランクフルトを通り、ゲーテを「客人」としてワイマルに招いた。密かには長くいてほしいと思ってもいた。

この招きに応じたゲーテははじめからワイマル永住を決めていたわけではない。しかし宮廷の実際を知りたいと思ったのも事実だ。父親は反対した。たっぷり旅費を出すからイタリアへ行ってこいと命じた。曽游《そうゆう》の地イタリアから父が持ち帰った多くの絵がゲーテの家にあって、少年の頃からヴォルフガングもイタリアにはあこがれていた。父親は頑迷固陋《ころう》のように見えて、実は長男ヴォルフガングの作品をよく読み、執筆を促し助言もしていたのだった。父がくれたイタリア旅行の金を持っていったん南へ向けて旅に出そうになって、ワイマルからの迎えの馬車が整備のため約束より数日遅れはしたもののフランクフルトに到着した。ハイデルベルクまで行ってその先をわざとぐずぐずしていたゲーテ、急いでフランクフルトに取って返し、馬車に乗って東方ワイマルに向かった。それが一七七五年十一月ゲーテ二十六歳のことであった。

なぜゲーテはワイマルでの宮仕えに行ったのか。それには前述のような父親の束縛から逃れようとする思いのほかに、いくつかの動機がある。

父との関係に次いで、彼の悩みは大学卒業後三年半のあいだフランクフルトで市井の一弁護士になり、ヴェッツラーの帝国高等法務院での法務研修も済ませたとはいえ、一生細々と生きていくしかないということだった。

さらに、フランクフルトは自由都市で市民の自律が強いとはいうものの、すでに社会の各層の職分は固定していて、最上層にあがっていく可能性はない。その意味で息のつまるところである。

若い文学仲間のあいだではリーダー株になり、独文学者成瀬《なるせ》無極《むきょく》が「疾風怒濤」と名訳したシュトゥルム・ウント・ドラングのアンファン・テリブル的仲間の先頭にたって感情表現豊かな文学活動をしてきてはいるが、このままずっとそれを続けていく意味はもうない。第一、文学で生計を立てるのは当時はまだ無理だった。一世を風靡した『若きウェルテルの悩み』も繰り返しになるが、正規の発行部数一五〇〇部でその印税が支払われた証拠はない。数千数万部にのぼる海賊版はむろん印税なしであった。戯曲の『ゲッツ・フォン・ベルリヒンゲン』にいたっては自費出版だったのだ。若気の至りのアンファン・テリブルもうそろそろおしまいである。そう感じ始めていた。

友人メルク、のちにゲーテの妹コルネーリアと結婚したシュロッサーなど若い友人たちと、Frankfurter Gelehrten Anzeigen という新聞を発行、ゲーテも健筆をふるったが、余りに自由であるとの理由で報道の自由を制限され、続刊の気持ちをなくした。これも大きい失望だった。

しかし最大の理由は結婚からの「逃亡」である。一七七五年、二十六歳の年の一月、銀行家の娘アンナ・エリーザベト・シェーネマン（愛称リリー）を識り、四月頃婚約にまで進んだ。それなのに彼の内面だけの不安と不満のため約束を勝手に一方的に解消し、好機至れりと言わんばかりにワイマルに向かって逃走したのだ。ゲーテは逃亡逃走の名人だった。

それより前、シュトラースブルク大学に在学中、北郊ゼーゼンハイム村の牧師の娘フリーデリーケ・ブリオンを熱烈に愛し、それまでドイツにはついぞなかったような自然でのびやかな恋愛詩の数々をつくったのだが、大学卒業と同時にあっけなくゼーゼンハイムから逃げ去ってしまった。「済まない」という罪責感は彼の心に強く残って、『ファウスト』の少女グレートヒェンにその面影と思いを残したし、「野バラ」の詩にも自らを我儘勝手な少年に擬している。フリーデリーケはその後嫁ぐことなく独身のまま生涯を閉じた。

そして今回も美しいリリーを心から愛し、生涯にたった一回だけの婚約をしたのに一方的に解消してワイマルへと去っていった。なぜだろう。美しいリリーはしっかりした女性で、あたたかい、平和な家庭を築くことができたであろうに。ゲーテはひとつにはそういった平穏な市民的家庭生活に縛られるのを恐れたのだろう。

心理学者たちはもう少し突っ込んだ解釈をしている。たとえばアメリカの性心理学者K・R・アイスラーは詳細厖大な研究書『ゲーテ』のなかで、妹との近親相姦的感情が当時のゲーテにはまだ強くあっただけでなく、少年期から去勢恐怖症があった、という。つまり性行為によってペニスを喰いちぎられるという恐怖心が強かったというのである。また、早漏だったという説もある。美貌で明るい彼は女性に非常にもてたのに、ダンスなどで女性に腕をまわしただけでズボンの内側を濡らした。また、性についての知識だけはありすぎるほどあって、性については異常に潔癖だった。それというのも当時は不治の業病梅毒が広く猛威を振るっていて、ゲーテよりあとになるがフランツ・シューベルトもローベルト・シューマンも梅毒がもとで苦しみ死んでいる。だから彼ゲーテは愛や恋を詩や小説、戯曲では高らかに歌っても実際の性については非常に神経質で、言い方を変えれば「身持ち」がよかったのだ、等々の説がある。けれども「身持ち」がよいから婚約を一方的に破棄するというのは、善良無垢な少女に対しては失礼な話である。

ゲーテの家の宗派はプロテスタントのなかの正統ルター派であり、シェーネマン家は改革カルヴァン派だったから、家風が違っていた、という説明もある。カルヴァン派の家に生まれ育ったトーマス・マンがマルティーン・ルターの宗教改革者としての功績を高く評価しながらも、ルターのいかにもドイツ人らしい粗暴さを非常に嫌っていたことが思いあわされる(たとえば講演「ドイツとドイツ人」)。それほどに、同じドイツのプロテスタント(新教)教派であってもルター派とカルヴァン派つまり改革派とのあいだには、ある程度の違い、さらに反目もある。

しかし、それだけがゲーテの逃亡の理由だっただろうか。ワイマルに定住してからもリリーからの手紙を受け取っているし、シュタイン夫人たちにリリーのことをずいぶん詳しく話し、なつかしがってもいる。少しく不思議ではある。性の話といい、逃亡といい、本人でなければ本当のことはわかるまい。ひょっとすると本人にもわからないのかもしれない。

人を「斬る」ように傷つけることをしないで、遥かに遠く逃亡するのも人生という旅のひとつのやり方かもしれない。ワイマルで若い日の十一年を過ごしたあと、誰にも明かすことなくイタリアへと「逃亡」したのも、他人には計り知れぬ彼の智恵だったかもしれない。ついでながら、リリーはその後は堅実な結婚生活を送ってよい家庭を築き、フランス革命の余波で亡命の悲惨な生活を強いられても挫けることなく、夫と子どもたちを守り抜いた。晩年には明るい手紙をワイマルのゲーテに送っている。立派な女性だった。

三　ワイマル初期のゲーテ

若いゲーテは、ワイマルに領主カール・アウグスト公(Herzog Carl August)の客人として招かれ、急速に宮廷や行政府に結びつきを得、その中枢に入り、生涯をこの領邦の中心的な公人としてワイマルで過ごすことになった。

到着翌年四月にカール・アウグストがイルム川の東側河畔の広大な草苑の一区切りの土地と二階建てのあずま屋をゲーテに下賜。この土地所有によってゲーテはワイマル市の市民権を得た(のちに市内のフラウエンプラーンに現存する屋敷を借りて住み、さらに君公がこれを買い上げてゲーテに贈与し、この家でゲーテは生涯を全うした)。

一七七五年　ワイマル到着。
一七七六年　枢密参議会メンバーたる陪席枢密参議官(Legationsrat)。
一七七九年　正式の枢密参議官(Geheimer Legationsrat)。
一七八二年　皇帝ヨーゼフ二世により帝国貴族に列せられる。
一七八六年　ライプツィヒのゲッシェン書店と最初の著作集八巻の契約。
　同　年　秋、イタリアへ。

そしてゲーテはこのワイマル初期十年間、行政官、官僚のトップとしてどのような仕事をしていたか。

一、小人数内閣(枢密参議会)その他の絶え間のない会議。
二、厖大な量の官庁公式文書を読み、指示書口述、自らも執筆。
三、国務公用旅行の数々。
四、君公に随行しての遠出多数回。
五、内外の政治活動、外交。観察視察も含めて。
六、宮廷の公式行事、文化行事の主催、参加。
七、母公妃アンナ・アマーリア主催の文化的集い、演劇上演への参加。
八、枢密参議会をとびこえた君公直属の諸委員会、主なものの委員長(長官)。たとえば道路、森林業、農地改革、財務、税制、軍事、文教、鉱山開発等、行政官としての重責。
九、文学創作。
十、自然研究。
十一、絵画学校で週二回の解剖学講義を行うなど教育活動。
十二、シュタイン夫人との熱い交友。
十三、多方面の人との厖大な数の文通。
その他、私たちの目に見えぬことどもが多かった。ただ、経済的苦労は個人としてはなかった。

幸運以外の何ものでもない。

この十年、文学とくに小説や戯曲の創作活動は時間と体力の制約から、思うにまかせない。しかし責務と時間の重圧の下で、巨大な岩石の下から清水が滴りおちるように少なくとも一五〇篇の優れた詩作品が生まれた。それは行政官としての重責のなかでの溜息のようでもあり、あるいはまた力の限りを尽くした満足感のようでもあり、さらにはすべてが虚しい徒労ではないかという無力感もあったたし、また同胞(人々)への奉仕の強い願いと努力の想いでもある。後年の長編詩群のような高い密度の詩ではないにしても、あらゆる詩形や韻律を自由に使いこなした闊達な言葉の結晶が多く生まれた。そのひとつが「旅人の夜の歌」(峯々に　憩いあり)である。

たしかに宮廷仕えをそつなくこなし、貴族階級のエチケットも役人の扱い方も速やかに身につけ、何よりも君公カール・アウグストによく仕え、最も良い身近な相談役として国政の真っ只中に、やがては頂点に立ち、世の人々に役立とうとして政治に参加し、旧態依然たる内政と社会制度を一歩でも改善しようと努力をした。これは強大なプロイセンの首都ベルリンなどではとうてい不可能なことであって、人口十一万の小さな領邦ザクセン＝ワイマル＝アイゼナハ公国だったから、彼の働く場として丁度よかったと言えよう。

しかしワイマルは貧しかった。貧しいこの領邦のなかでは、他の三〇〇ものドイツ諸領邦とまったく同じように、政治体制は絶対主義的で、経済は農本・重商主義の体制がビクともしない十八世紀後半だった。

ワイマル公国は貴族の支配する啓蒙絶対主義の君主国で、市民的ブルジョア階級はいまだ育っていなかった。

貧しいワイマルで、人口の一パーセントに満たぬ宮廷貴族たちが国の富のほとんどすべてを吸い上げて消費している。むろんその実体はフランスやイギリスなどの豊かさとは比べものにならぬものではあったけれども、領国のなかでは宮廷貴族は土地所有者であり、一般庶民とは比較にならぬほどに恵まれていた。

ワイマルにフォン・クネーベルという男がいた。カール・アウグストの弟コンスタンティーン公子の付き人で、フランクフルトにはじめてゲーテを生家に訪ね、ワイマルの両公子に引き合わせる役をした人物である。人付き合いがよさそうでありながら「おれ、きさま。きみ、ぼく」という親しい間柄の友人をつくることが少なくともワイマル移住以後はかなり稀だったゲーテが、終生この「おれ、きさま」の付き合いと文通をした相手である。ゲーテより五歳年上だった。このクネーベルにはきわめてざっくばらんな手紙を残している。そのひとつ、一七八二年四月十七日付の手紙にこう記している。

「……ぼくは農夫が大地から、ギリギリ生きるに必要なものを収穫していくのを見てきた。それは農夫が自分だけ生きていくためだけなら充分足りるものだろう。しかしきみが知っているように、あぶら虫がバラの枝につかまってコロコロに色つやよく樹液を吸っていると、そこへ蟻がやってきて滲み出る体液をあぶら虫のからだから吸い取ってしまう。それが続くのだ。そしてついには、下層で一年かけてようやくつくり出されたものを、上層部ではいつもいつも一日で消費してしまうのだ」と。

彼は人々の貧しさをよく見ていた。貧富の差、階級の差を痛いほどに知った。生地フランクフルトではついぞないことだった。ここワイマルでも、もし実地に触れることの多い行政官になって農地や鉱山に直接の関係を持たなかったなら、恐らく宮廷か役所生活に明け暮れて、人々の実際の生活を知ることはなかったろう。彼は領内旅行をしても、優雅な宿に泊まることもあれば、地方の役人の家でもてなされることもあった。しかし農家の暗い一室で牛馬の匂いのする藁のなかに寝たりすることも多かった。農家の次男、三男が兵役に取られる(徴集される)ときの労働力を失う家族の悲嘆も見た。道路工事の労働者がどれほど安い労賃で働かざるをえないかを知った。死者は身分の上下を問わず領内産の衣服で葬られなければならなかった。領内産以外つまり他国産繊維を身につけて埋葬することは許されなかった。領国全体がそれほど貧しかった。

しかしその当時のドイツ社会のなかで、ゲーテにはいわゆる階級闘争という発想の生まれようはなかった。その現状改良改善さえ、社会全体の抵抗が強固で、一個人の願いなどはあっけなくはね返されるのだった。ドイツのどこでも事情は同じだった。たとえば重商主義体制のドイツ各領邦では、小さな領邦同士で輸入関税を課し、「他国」の馬車荷車の領内通行には道路使用税を徴収した。当時のワイマル公国の道路は劣悪で、ゲーテの努力によってワイマル―エアフルト間、ワイマル―イエナ間の幹線工事が行われた以外は砂利小石が多少撒かれていれば上出来の、道路とは名ばかりの泥道だった。従って「他国」との交易はもちろんのこと、領内の物資流通もろくなものではなかった。

農作物が豊作の年も「国外」への輸出がほとんど皆無だから、作物の価格は暴落し、不作の年には国中が飢えた。ゲーテが志した農地改革と農法の改良は土地貴族や農水役人たちの隠微で猛烈な抵抗にあってまったく進まなかった。生産工場などというものはワイマルの東のアポルダに僅かに衣料、織物、造花の小さな作業所、真南のイルム川沿いに陶器をつくるささやかな作業所があるだけ。あとは市内に、中世のままの手工業者がいるばかり。それらや農業へのゲーテの計画した小規模信用融資制度の発想も実現寸前でついえてしまった。資本主義はまだ到来していない。

国家財政をまかされたゲーテが最も力を入れたのは税制だった。農地の全面的検地を行い、納税に分割、猶予等の措置を設けて国民(主に農民)の税負担を軽減し、財政支出の無駄を根こそぎ改めて財政立て直しを実行した。前任者ヨハン・カルプの残した国家予算に匹敵する二〇万ターラーの赤字を解消した。大きな功績である。それにしても公国は貧しかった。

外部の物資がフランクフルトとライプツィヒ等のドイツ東部とのあいだを流通する道路は公国のなかを通らず、北辺をかすめて通っていく。こうして公国全体にお金がなかった。国家予算と軍事費のアンバランスは絶望的だった。ゲーテはそこに果敢に斬りこんで、これについては成果をあげた。しかし国全体に資金がないから道路がない。道路がないから物流がない。財務の事務の改良はかなりゲーテの思いどおり進んだが、内閣のあり方も、君公とゲーテのふたりで先決したものを除いては、案件処理は旧態依然たるものだった。

これら失敗の結果は虚しい無力感だけではないか。にもかかわらず若いゲーテは十一年間懸命に行政官として働いた。諦念・あきらめ・虚無感にたえず襲われながら。もしもシュタイン夫人との、外からはうかがい知れぬ熱い交流、君公との友情と信頼関係、宮廷と文化活動の面ではアンナ・アマーリア母公妃の愛顧がなかったら、さしものゲーテもとうに崩壊し、くずおれていたことだろう。いや楽天性も多分にある性格もあったろう。そしてそうでなければ数々の不滅の詩は生まれなかったことだろう。若くて恐れる何物もない、時代の文学上の寵児であり、朗らかな人柄で多くの人を魅了し尽くしていたように見えながら、実はいわゆる人との交際、付き合いよりは孤独になることを好んだ二十歳代後半から三十歳代前半の詩人、自然研究者、行政官。

何をどうしてみてもすべては実は虚しいという行政官としての本音。それでいてやはりあらゆる方向に努力せずにはいられず、休息を知らぬ衝動に身を灼《や》く男。天地を望んで大自然を抱擁せんとするファウストそのままの人間ゲーテ。常に本性的に異性を恋せずにはいられないめでたい男。激情に身を灼きながら、自然観察には実に忍耐強い不思議な人物。一種のルネサンス的なヨーロッパ人の原型。これが当時、つまりワイマル初期十年間のゲーテであった。詩「旅人の夜の歌」(峯々に　憩いあり)に、これらのことのすべてが盛りこまれている。

この十年いや十一年のワイマル生活の先に来るイタリア滞在。それは先取りをして述べてしまえば、美への傾倒と性生活の解放感だった。幸せな二年間にここで一言触れておこう。

職業を画家といつわり、名前もメラーと偽名を使ってゲーテはトランクひとつ提げ、従者もなくひとりで旅立っていった。正直なところ、どれくらいの期間になるかは自分でも予定は立てられないでいたが、しっかりと銀行為替を組み、密かにピストルや本名の身分証明書も携え、ローマのドイツ人画家村を一応の拠点として行った。無計画のように見えて細心の計画は立てて出かけたらしい。ローマではすぐ本名が人に知られた。

カール・アウグスト公には丁重な詫び状を出した。数か月前から「当分」長期休暇を取る旨はふたりのあいだで了解がついていたらしい。ゲーテを失いたくなかった公は、長期有給休暇の許可を与え、何年たっても必ずワイマルに戻ってきてくれるようにと事を運んだ。

つまり、ゲーテという人は、現実生活においてもバランス感覚がよくとれていたと言える。作中人物ウェルテルとは違って、破滅する人間ではなかった。人生の旅の幸運児だった。

ごく常識的に考えて、当時のワイマル公国は現代日本の埼玉県より小さく、人口は僅か十一万人であったとはいえ、そして国土は飛び地を抱えた状態であったとしても、確定した国境を備えた一定の明確な領土とそこに住む住民を擁し、神聖ローマ帝国という名目上の「傘」の下にあったのではあるが、排他的な主権を保持していたれっきとした「国」であった。歴史学では近世ドイツ独特の領邦《ラント》と呼ばれるこの国で、彼は政策の立案と執行の権限を握り、つまり国政の権力を手にし、財政のすべてを掌握し、小なりとも他国に従属しない独自の軍隊をも備えた一国を動かしたのだから、彼はそれなりに充分に政治に関わり、政治を動かしたと言える。

君公の招待客としてワイマルに到着した新進二十六歳の文学青年ゲーテは、行政や政治の経験は皆無だった。貴族が支配権を握っている身分社会のなかでは異例なことだが、平民の彼は、半年後には内閣に当たる枢密参議会に連なり、君公以外僅か三名のメンバー——つまり閣僚のひとりとなり、下からの積み重ねなしにいわばいきなり行政のトップの一員とされた。そしてやがてこの内閣に当たる枢密参議会の主席をつとめることとなり、すべての国事に身を粉にしてつとめた。もともとは皆無だった行政職としての経験も彼はたちまち自分のものにしていった。小さくとも一国の政治を動かす術もわかってくるとともに、一国の政治を動かす喜びも味わった。

そもそもヨーロッパの政治は、本質的に言えば小さな区域から始まり、そこでこそ政治はうまく働くところだった。中心的大都市万能型ではない。そしてゲーテの時代のドイツ帝国、つまり神聖ローマ帝国は小邦が分裂分立している「無政府状態」だとしばしばマイナスの評価がされるのだが、見方をひとつ変えれば、それぞれの地域が競い合って各自の文化や富の担い手となっていたと言える。

フランクフルトに、ワイマルからパリへの旅の途上で立ち寄った若い公子カール・アウグストの宿を、前出クネーベルの紹介でほとんど偶然に訪ねたとき、公子の宿の机上に置いてあったのが、フランス綴じの頁をまだ切ってないユストゥス・メーザー(Justus Möser　一七二〇―九四年)のエッセイ集『祖国愛の幻想』第一巻で、ゲーテにとっては学生時代からすでによく読んでいたメーザーのエッセイだったので、やがて成人の日を迎えて母后アンナ・アマーリアから国権を譲られ領邦の君主になろうとしている若いカール・アウグストに、メーザーの説く「小さい国」の良さを詳しく語ることができた。カール・アウグストのゲーテへの信頼感はこの一瞬で決まったと言うことができる。メーザーの考え方はそのままゲーテに引き継がれている。

ドイツが小国に分かれ、分裂していてよいというのではない。しかしプロイセンのような、いわゆる大国の画一主義的な「啓蒙絶対主義」にはできない、キメの細かい人間的な政治が貧しくとも主権を確立しているワイマルのような小国には可能だと、ゲーテはメーザーを借りてカール・アウグストに説いたのではないかと思われる。ゲーテはやがて実際にそのような「政治」の執行者、実行者となっていった。文学と演劇の枠を乗り越えて、若いゲーテは政治の世界に身を投じていった。それがワイマル初期の十年間だった。

十五、十六世紀のドイツの銀産出は空前の量を誇り、ボヘミア、チロルと並んでザクセン＝マイセン地方が三大産地だった。このおかげでフッガー家は繁栄し、銀貨ターラーは世界通貨となった（新世界での銀の大量産出でフッガー家は衰退）。ワイマルも貨幣鋳造権を保有し、十七世紀までは自国産の銀で貨幣を鋳造していたが、産出が止まってからは南米産の銀を買って鋳造していた。だからゲーテはイルメナウ銀鉱再開発を懸命に計った。

なお、ゲーテ時代のワイマルには宮廷出入りを公けに許された最初のユダヤ人Hofjudeが一家族あり、個人規模の銀行業務を行っていた。またワイマルの前出のE・Rさんによれば、枢密参議会メンバーの給与は、宮廷財務局の使者が現金を馬車で自宅に届けていた。ゲーテは終生その待遇を受けたという。

四　その名もきよきワイマル

ドイツ東部、森の深いテューリンゲン地方のワイマルは、二十一世紀の現在、人口約六万人の静かな町で、比較的豊かな退職年金者が多く住む、どちらかと言うと保守的な気風の町である。広大なテューリンゲン盆地のやや東南部に位置し、南の「テューリンゲンの森」と呼ばれる山地から流れてくる中級河川イルム川のほとりにある。というか、市全体の東端をイルム川が南から北へと流れ、その川辺が町の東端をはっきりと区切っている。

川の西岸に十世紀の終わりに古い城砦が設けられ、川の水を引きこんで城を巡る堀が造られた。今は堀はもうすべてないが、城砦はがっしりした城館として残り、十三世紀には城の西側に町が出来た。ワイマルとは、「清い、聖い」の意味の「ワイ、ヴァイ[エ]」Wei[he]（たとえばクリスマスの聖夜を現代ドイツ語でも、ヴァイナハテンと言う）と、「水、湖、沼、海」などをあらわすフランス語のメールと同根の「マル」から成る語で、「水清きところ」がこの地名のもとである。あるいは「聖なる水」の地でもあるか。一般にヴァイマル、ヴァイマー、ワイマルなどと仮名表記をする。ワイマールと伸ばすのは残念ながら正式ではない。ここでは短いワイマルを用いよう。

宗教改革のあと、ワイマルはザクセン＝ワイマル公国の首都となり、十八世紀半ばからはザクセン＝ワイマル＝アイゼナハ公国の首都。一八一五年から一九一八年まではこのテューリンゲン地方ではいちばん大きな「大公国」の首都であった。首都とはいえ、小さくて静かな城下町であることに変わりはない。今から二〇〇年ほど前に詩人ゲーテやシラーが住んで活躍した頃、ドイツ古典主義の花咲く文化都市だったというものの、宮廷を除く一般は貧しく、軒の低い藁葺き屋根の家が僅か約七〇〇戸並ぶ、人口六〇〇〇人の町でしかなかった。現在のワイマルは当時とほぼ同じくらいの広さの地域のなかに、三、四階建ての石造りの建物が昔のままの道を守って整然と建ち、深い森が海のように市全体を埋めている。その中心に、二十世紀の世界に先がけた民主主義的ワイマル憲法制定の国民議会が開かれた「ドイツ国民劇場」がある。劇場に所属するオーケストラは伝統に輝く。

かつてバッハがこの宮廷につとめ、フランツ・リストが住み、バウハウスがあったこともあって、音楽大学、建築大学があり、美術館、博物館、古文書館が多い。大きな工場や高層建築はまったくない。従って都市型の労働者が今もほとんどいない。この静かな町で、ヒトラーの政権奪取(一九三三年)より遥かに前の一九二〇年代半ばからナチ党がこの町に根をおろし、市内を行進する褐色軍団の姿が圧倒的に強くなっていったのはなぜなのだろう。ベルリンその他の町々では、ナチと社会民主党、共産党員のあいだの流血の衝突が長く激しく続いた。静かでおとなしいワイマルではそのようなことはなかった。だからワイマル共和国の基礎である新しい憲法を制定する国民議会は、やむをえず「静かな」ワイマルを会場に選んだのだった。ドイツの首都はベルリンだった。

ヴァルター・グローピウスが先頭に立ち全世界の建築界・工芸界をリードしたバウハウスが一

九一九年にワイマルに開設されたが、一九二五年にはナチの圧力に屈してワイマルを追われてデッサウに移転。一九三三年には閉鎖に追いこまれたのも一例であるが、ワイマルには抵抗力はなかった。ナチはテューリンゲン地方区総司令部をワイマルに置いた（その巨大なヒトラー好みの大建築は、戦後取り壊そうとしたが、あまりに堅牢でとり崩せず、高層ではないが巨大なショッピングセンターになっている）。そして「文化都市」ワイマルをことのほか好んだアードルフ・ヒトラーは、計四十回もこの町を訪ねている。ヒトラーは「予はワイマルを愛している。予にはワイマルが必要である。ワイマルとバイロイト（ワグナーの町）にはこれから多くのことをしたい」と、しばしば語っている。ここに住む市民に多い退職年金者たちは、ヴェルサイユ条約の結果生じた天文学的超大インフレと一九二〇年代末の世界経済大恐慌によって預貯金等の資産を失い、政情の不安におびえ、強力無比で安定政権をつくりうると思われるナチに傾いていった。

千年を超えるワイマル、水きよき、うましところ。しかし人間の住むところは地上のどこでも多くの苦渋の経験を経ていよう。その前にまずワイマルの地勢的な特徴について短く述べよう。

テューリンゲン地方は、何億年かの太古には巨大な内陸湖であったらしい。水が干上がったあとの湖底に周囲から流れこむ大小の河川が土砂を運んできて、東西南北それぞれ約一〇〇キロを越すほどの広い盆地ができた。花崗岩の厚い岩盤の上に、湖底の沈殿物から成る石灰岩と斑岩と少々の砂岩の層が重なり、部分的にはスレートに用いる片岩が生成した。これらの上にレス（Löss）と呼ばれるドイツ特有の黄土（黄砂の土）層が数メートルの厚さで積もり、その表層部は黒土化していて、肥沃な大地となっている。黄砂と言えば、中国中部砂漠から舞い上がって日本海上空を渡り日本の空をも蔽う黄砂を考えるが、実体は大変違っている。山々の土壌にさまざまな生物の殻、木々の葉や枝の細かい粉末が加わったもので、さらには地中海の南のアフリカから南風に乗って運ばれてきた土壌成分もある。このような土地はライン河流域にもある。日本で言えば関東平野の武蔵野を蔽うローム層の赤土の上部が一メートルほどの厚さで黒土化しているのに似ている。農地に大変適していることは言うまでもない。

ワイマルの町から南を見やると、数十キロのかなたに高さ九〇〇メートルから一〇〇〇メートルほどのなだらかな波状の山陵が東西一〇〇キロほども連なっていて、全山、濃い緑の森に蔽われている。「テューリンゲンの森」と呼ばれる山並みで、山々の手前の盆地も緑が豊かだからテューリンゲン地方は「ドイツの緑の心臓」と呼ばれている。

海抜二四〇メートルほどのワイマルの町はテューリンゲン地方(盆地)のいちばん低い窪みにあるらしい。目を転じて町の東西を見やると、目路《めじ》も遥かに肥沃で広大な農地が広がっている。「テューリンゲンの森」から流れ出てくるイルム川がワイマルの町を洗い、盆地をゆるやかに流れて北東に向かっている。川幅はほんの一〇メートルあるかないかの川で水量も多くはないが、つい先頃までは水辺に多くの水車があり、森の木々を運ぶ筏がよく組まれていたという。堤防らしい堤防はないが、よく伸び茂った柳や榛《はん》の木、ポプラなどが岸辺をトンネルのように固めている。かつて十六世紀にはこの川では珍しい洪水の被害があったという。今は河況がきわめて安定していて洪水はない。若いゲーテは河岸近くの山小屋のような家に一七七六年春から八二年まで住み、冬のさなかにもイルム川で水浴びをたのしんだ。民族習慣のせいもあるが、彼は健康に恵まれていて、何よりも心臓が丈夫だったのだろう。だいたいがドイツ人は生まれつき肝臓のアルコール分解酵素が多く、私たち日本人より遥かに多量大量のワインやビールを飲む。ゲーテは終生非常なワイン好きだった。

イルム川のほとりで若いゲーテはいくつもの詩を作った。そのひとつに「月に」がある。イルム川のそばに住んで間もなく記し、しばらく後に半分ほど手直しをしている。

月　に

ふたたびしげみと谷を
あわい光にしずかにみたし、
わたしの心をも
ついにはときほごす。

わが行く末を
やさしく見守る友の瞳のように、
月よ　おんみの和やかな眼は
わたしのあゆむ広野にひろがる。

たのしかった日、憂いの時の
なべての思い出を噛みしめながら、
喜び悲しみにわたしはさすらう
ただ独《ひと》り。

流れゆけ、流れゆけ、いとしい川よ。
よろこびの還《かえ》る日はなく、
たわむれも口づけも、
愛のまことも流れて失《う》せた。

わたしにもかつてはあった
その貴いものが――。
胸痛むとも
忘れはしない。

音たかく　谷間のみちを
休まず　川よ流れゆけ。

わたしの歌に
調べを添えよ、

冬の夜は
岸辺にあふれ
春の日は
花芽《つぼみ》をめぐり湧きかえりつつ。

憎しみの思いをすて
世を離れ
ひとりの友を
心にいだき

世人《よびと》も知らぬまま
胸にさしこみ
照り渡り行く月を
友と味わう　人のしあわせ。

（An den Mond）

ここに言う「友」は心に描き抱く友人でもあり、シュタイン夫人であってもいいだろう。軽やかな言葉の流れが美しい。

イルム川は小さな何気ない野川だが、地質学や地理の面では古い過去がある。

イルム川のほとりの石灰岩層のなかから四十五万年前の草原に住む象の化石が見つかっており、その近くからさらに十万年前の森林に住んだ象の化石も発見されている。この町は象と関わりがあるからなのだろうか、市内で最も有名な古いホテルが市庁舎広場（マルクト広場）に面して立つエレファント・ホテルで、創業一六九六年の老舗。商標、ロゴマークにも象の絵がある。

トーマス・マンは一九三九年発表の長編小説『ワイマルのロッテ』を、『若きウェルテル』の悲恋の相手ロッテが四十四年後の一八一六年にこのエレファント・ホテルに投宿するところから語り始めている。史実に忠実な小説だが、老ロッテはこの地に住む親族を訪ねに来た。むろんゲーテとの再会も考えて。さっそく同ホテルの多弁な給仕マーゲルは市内の案内を尋ねる老ロッテに、「（広場街《エスプラナーデ》は）ほんのすこしのところです。私たちのワイマルには遠いところなどはございません」と説明する。「私どもの大きさは精神的な方面にありますんで」（岩波文庫、望月市恵訳）と言い添えるところも面白い。そのとおりこの町はエレファント・ホテルのある中心部マルクト広場からは、どこへでも歩いて二、三十分で行きつけるほど小ぢんまりしている。しかし都市としての機能はすべて整っていて、結晶性が高い。ドイツに数千あるいかにもドイツらしい「地方都市」の特色と言える。

トーマス・マン（一八七五―一九五五年）は何度もこのホテルに泊まっており、亡くなった最晩年の一九五五年五月にも招かれてワイマルを訪ね、同ホテルの宿帳に「戦後再開された貴ホテルの最初の客たることは、光栄です、一九五五年五月十四日、トーマス・マン」と記している。フリードリヒ・シラー没後一五〇年記念の講演に招かれてこの町を訪ね、エレファント・ホテルに投宿し、その僅か三か月後にスイスのチューリヒで亡くなった。享年八十歳。

ワイマルをことのほか好んだヒトラーは、前に述べたように計四十回もワイマルを訪ね、なんということか、エレファント・ホテルをお気に入りの宿舎とした。私費で増改築もさせている。トーマス・マンはそれを知った上で、ホテルという営業体の機能上避けられぬ運命だったと見なしたのかもしれない。

ホテルを含むマルクト広場を囲む古い由緒ある建築の数々は、連合軍の爆撃で破壊されたが、戦後、すみやかに再建復元された。エレファント・ホテルの営業再開だけは戦後十年もたった一九五五年にやっと可能になった。マンは一九三三年以前のホテルの歴史とそれ以後の苦渋の道のりを熟知していて、最晩年に再建再開を祝ったのであろうと、私は思う。

さてトーマス・マンの小説『ワイマルのロッテ』によると、エレファント・ホテルに投宿し、二十七号室に案内されて荷をほどいたロッテ、かつて若いウェルテルが恋したシャルロッテ・ケストナー（ブフ）は、さっそくゲーテに宛てて四十四年ぶりの再会申し込みの短い一筆を認《したた》める。「解放戦争」の後、ナポレオンがワーテルローで敗れた翌年の一八一六年九月二十二日。

プロイセンがオーストリア、ロシアとともにナポレオンのフランスを破った「解放戦争」前後、ドイツ中は愛国的民族主義が非常に高揚していたが、社会の雰囲気に対してゲーテが冷ややかであってそのため孤立を深めたことはよく知られている。ゲーテの心情をトーマス・マンはもっと深く掘り下げ、単なる冷淡さや無関心ではなく、むしろその正反対にゲーテがドイツとドイツ人について深い憂慮を抱いていたことを雄弁な独白に言語化する。ただしこの部分の独白の細部設定はマンの創作である。

ロッテからの手紙を受け取る直前、六十七歳のゲーテは、フラウエンプラーンの居宅の一室でドイツとドイツ精神について想いに耽っている。小説の第七章である。作中のゲーテはすべてのドイツ人を相手にしているかのように語り独白する、「諸君が澄明を憎むのはよろしくないことだ。諸君が真実という魅力を知らないのは歎かわしいことだ。――朦朧としたもの、陶酔、狂暴でグロテスクなものを尊ぶのはいとわしいことだ。――気ちがいじみた詐欺師の誰をも無邪気に信頼して心酔してしまうのはいまわしいことだ……諸君が諸君のドイツ精神と呼んでいる悪意にみちた俗物精神などは、諸君もろとも悪魔にさらわれてしまうがいい……」。

これは冷淡さや無関心による発言ではなく、ドイツとドイツ人について抱く深い憂慮を述べ、すでにドイツを蔽うナチズムのテロ体制への弾劾であって、トーマス・マン自身の考えを作中のゲーテに語らしめているにほかならない。しかしそれだけではない。マンはゲーテにこう言わせる、「この私こそドイツなのだ」と。最も善いドイツの精神を私＝ゲーテが代表しているのだ、と。ちょうどトーマス・マンが亡命者でありながら、自分こそが善きドイツとドイツ人の代表者であると信じ、行動したように。作中のゲーテは言う、「ドイツ精神とは自由、教養、普遍性、愛を意味してい」る、私は、「暗い雲に包まれている北方民族の魔術的な押韻を持つ心情を、六脚詩句の永遠に紺青の精神と結び合わせ」ようと。壮大な和解と総合の志であり、これはトーマス・マンの若い日の『トーニオ・クレーガー』以来の信念でもある。ともかくこの小説は、実はゲーテを借りてトーマス・マンがナチ・ドイツへの挑戦を表明した告白と言えよう。しかしナチの凶悪性きわまる非人間性に対して、精神文化はどうしたら勝てるのだろうか。歴史はむしろ強大な軍事力だけがナチを粉砕したと言っているかのように見えるのだが――。

小説『ワイマルのロッテ』は、さらに老年というもの、若き日の恋愛感情の反復などを主要テーマとして展開していくが、ここでは右のようなゲーテ＝マンの信念を紹介するに留めておこう。

さて、ワイマルはイルム川の左岸つまり西側に、流れに沿うように南北数キロに発達した細長い都市集落で、市の中心部から右手にやや不恰好なお城の塔を見やりながらごくゆるやかな上り傾斜の道を二十分ほど歩くと、市北端の鉄道駅に行き当たる。駅が町はずれにあるのが、いかにもヨーロッパらしい。というのは、中世の昔から馬引き馬車の「駅」は騒音や馬糞の害を避けるため町中でなく町はずれに造るのが、ヨーロッパ一般のしきたりだった。ロンドンやパリでも、馬車時代のあとを鉄道が引き継いだとき、地上の「駅」は馬車時代のまま、町はずれに置かれた。ワイマルもそうで、現在は駅の北側にも多少の家々があるけれども、長いこと駅の北には人家はなかった。町のまったくの北端をフランクフルトとライプツィヒを結んで東西に走る鉄道の線路

イルム公園のガルテン・ハウス

と駅が区切り、その向こうは広大な農地である。

　小さく区切られた日本の農地を見慣れている私には驚くしかないほどに広い、北方の丸やかな丘の麓までは見渡す限り一枚に広がる農地だ。大麦、裸麦、小麦、じゃがいもの生産が盛んで、たまねぎもこの土地の特産という。北海道の富良野などの大農地に似ている。むろんここに水田はない。点々と木々の集まる小さな林があるばかりで、農家らしい家もない。遥か東や西の遠い地平線上にこんもり茂る小さな林が点在している。農村はあの林の陰にあるのだろう。

　農業用トラクターなど大きな機械力を使わなければこの農業はやっていけないだろう。農家一軒当たりの農地面積はふつう一五ヘクタールで、日本の農家の五—一〇倍と聞く。現在のドイツは食糧の自給率が一〇〇パーセントに近く、甜菜糖《てんさいとう》や乳製品は大量に輸出している。農作物の単価は日本より低くて安いが、収穫量が五倍もあれば経営は心配ない。地震、台風、洪水などの災害もほとんど皆無と言っていいだろう。

　ワイマル駅の西のガードをくぐって北に出ると、このような大きい空の下の広い農地の北方数キロ先に、左右（東西）に長く尾根を見せる丘のような小山が見える。丘と言うには大きい。エッタースベルク(山)と呼ばれている石灰岩の山で、麓から尾根にいたるまでこんもりとした緑濃い森がびっしりと蔽っている。こまかい葉は数キロ離れているから見極めはつけにくいが、梢のやわらかな連なりから見て針葉樹でなく橅《ぶな》や槲《かしわ》の森らしい。ワイマル南方のテューリンゲンの森は常緑針葉樹の樅《もみ》やドイツ唐檜《とうひ》がほとんどすべてなのに、面白い違いだ。ワイマル市内が海抜二四〇メートル、エッタースベルクの小山は目測では四、五百メートルほどの高さと思われる。つまりワイマルの町との高度差が二〇〇メートルほどというところか。ガードの出口から一本の並木道が小山めがけてゆるやかにすっきりと伸びている。エッタースブルガー・シュトラーセ(エッタースブルガー道路)という。

五　北郊の小山エッタースベルク

ワイマルの町を北に向かって出、エッタースブルガー道路を四キロほど、ゆったりした上り坂の道を行くと、左つまり西に分岐するがっしりした舗装の道があり、小山を西から時計まわりに巻いて頂上に至る、ブルート・シュトラーセという。近くにブルート・ブーヘという樹木名の木々が多いからではなく、ナチによって造られた山頂の強制収容所のためである。橅《ぶな》の森の伐採と根株の掘り起こしをほとんど道具らしい道具もなく、ほとんどは素手でやり、またSS隊員の家を建て、そのうえ山頂下の南斜面の森を通るべくKL（強制収容所）の囚人たちが血を流しながら造ったコンクリート舗装の幅広い道路である。血を流し、鞭打たれ、飢え、自動小銃で殴られ撃たれながら造った「血に染まった道路」なので、ブルート（血）のシュトラーセ（道路）と言うのである。約八十年たった現在でも大型トラックや戦車の走行にビクともしない、白く光る、みごとな舗装道路である。メイド・イン・ジャーマニーの根性がこのようなところにもよくあらわれている。

このブルート道路に入らず、今まで通ってきたエッタースブルガー道路をまっすぐ東北方に進もうとすると、左手の鬱然と茂る橅の森のなかにぽっかりと明るいところがある。透かして見ると、そこだけ橅の木ではなく、菩提樹《リンデ》の大木が二、三十本、それぞれの間隔をおいて生えていて、小公園のように見える。ここはカイザー・リンデン（皇帝の菩提樹）と呼ばれる、皇帝ナポレオン記念の場所である。菩提樹は密集を嫌う木なので、樵の森を切りひらいた空地にかなりの間隔をおいて菩提樹を植樹して、空地の中央にナポレオンの記念碑を立てた。

　ナポレオンは一八〇六年イエナの大会戦で勝利を収め、次いでベルリンを陥《おと》して「ドイツ人の神聖ローマ帝国」を壊滅させた。一八〇八年にテューリンゲンの、ワイマルの西四〇キロにあるエアフルトで諸侯会議が開かれた。会議終了後、ワイマルのカール・アウグストの発案招待によって、ここエッタースベルクで大がかりな山狩が催された。ナポレオン自ら今この記念碑の立つ場所を狩猟本陣とし、ロシア皇帝《ツァー》アレクサンドル一世をはじめ将軍たちや友好国代表、ナポレオンに屈服した諸侯が多数参集。総勢数千人を超えていたという。ときに一八〇八年十月十六日。ナポレオン自ら本陣で銃を構え、追い立てられてくる獲物を待った。しかしこの日射とめられたのは総数鹿《しか》四十七頭、ノロジカの牡三頭、兎三羽、狐一匹だけだった。ともかく大イベントであったに違いなく、さっそく記念の石碑が立てられ、その周りに菩提樹二十八本が植えられた。現在の木々がそのままか、次代なのかはわからない。

　この日ゲーテは劇場の要務を口実に山狩参加は断っている。老ゲーテはなかなかに老獪《ろうかい》で狡く、一八〇六年にナポレオンがワイマル占領後枢密参議会を招集したときには、書面で病欠を届けている。カール・アウグストはどこかへ姿を消し、公国がとりつぶしになろうというとき、常には目立たぬ公妃ルイーゼがナポレオンに懇願して助かっている。

　実はこの山狩より前の十月二日にゲーテはエアフルトでナポレオンと会っている。そのときナポレオンがゲーテを見て、「これが人間だ《セ・ローム》」と言った話は有名だ。『若きウェルテルの悩み』を(仏訳で)七回読みました」とゲーテに言ったという話もよく知られている。もっとも「これが人間だ」という語句も、語調によっては「たいした野郎だよ」ともとれるだろう。あるいはまた、十字架に処せられる直前、連行されてきたナザレ人イエスを見てローマ帝国総督ポンテオ・ピラトが、

「見よ、この人」Ecce homo

と言った言葉ともつながるところがある。ついでながら聖書のこのラテン語を普通は「この人を、見よ」と訳しているが、それならばホモ(人は)は目的格のホミヌムであるべきで、「ホモ」は主格だから、「見よ、(これが)人間だ」という意味でしかありえない。ナポレオンの「セ・ローム」にも「この人を」の訳は不可能で、「これが人間だ」としか訳せない。

さて本題に戻ろう。

カイザー・リンデンから二キロ近くかなり急な上り坂の道を行くと、山腹を右から巻き終わったあたり、ワイマルの町とは反対側に当たる、山の東北側の斜面に思いもかけぬような四階建ての、山森のなかとしてはしっかりした城館が現われる。エッタースブルクという。斜面を見おろすルネサンス風のクリームがかった白壁のたおやかなファサードは、全山の緑を受けてたじろぎもせぬ姿を見せている。隣接して、細い尖塔を高く聳えさせた古い教会堂があり、最近大修理を終えたというパイプオルガンが週日にも朗々と鳴っている。若い頃ワイマルの宮廷に仕えたヨハン・セバスティアン・バッハの曲だろうか。古い会堂から深い森の中に響きこぼれるオルガンの

音が大自然とよく調和して違和感がない。周囲のかなり急な斜面を蔽うのは、二抱えも三抱えもありそうな橅の木々で、そのなかに点々と槲《かしわ》(ドイツ・オーク)の巨木がまるで天を突いて立つ老武者のように立っている。樹齢七〇〇年のものもあるという。

城館と教会のうしろ側、北側に古い道がある。ワイマルからのぼってきたエッタースブルガー道路だ。教会堂から道へ出たとたんの道端に、かつては大きな橅の木が三本並んで立っていて、ゲーテはことのほかこの橅の木が気に入っていて、灰色の滑らかな幹に自分の名を刻んだ。その後に木は枯れ、名前の彫りつけられた木は切り倒されて長く麓の農家に置かれていたが、いつしか薪にして燃やされてしまったという。橅《ブーヘ》の木肌は傷や人の手で刻んだ文字がいつまでも消えずに残る。そこから書物《ブーフ》という言葉も生まれてきている。文字を持たなかった古代のゲルマン人が北伊に侵入したときルーネ(ルーン)文字を学んで、橅の木の幹に道しるべなどを刻んだ。ラテン文字を学ぶのはそれから数百年も後のことになるが、ルーネ文字は、いまでもゲルマン民族の故郷北方スウェーデンなどで飾り文字として使われている。

十一世紀にこの森のなかに小さな修道院が建てられたが、数百年のうちに廃墟となった。残った建物の跡を使ってワイマル公が一七〇六―一二年に狩猟用の館を造らせた。その二十年ほど後に、ゲーテをワイマルに招いたカール・アウグストの祖父であるエルンスト・アウグスト公が現在のような城館に造り上げさせた。エルンスト・アウグストは、領国が貧しいのに軍隊が好きで軍事費の出費が多く、さらに造営癖があってワイマル南郊のベルヴェデール離宮造営やこのエッタースブルク増改築をはじめ領内に二十もの城館を造らせ、国家財政を困窮のどん底に陥《おとしい》れた。

そのワイマル公国の財政をみごと立て直したのが、カール・アウグストの母アンナ・アマーリアだった。彼女は夫の急逝後、生まれて間もない長男カール・アウグストが成人して領主となるまでの十七年間摂政をつとめ、その治政はウィーンの女帝マリーア・テレージアに比べられるほどだった。一七七五年にカール・アウグストを領主として主権を譲ると、市内に一般市民と建物を並べて住み、多くの文人、文化人を「円卓の集い」に招いた。夏にはここエッタースブルクを離宮として愛用し、多くの人士を招いて非常に活発な文化的な集いの場とした。山中のこの城館二階の大広間や青天井の中庭で宮廷人や市民たちの素人演劇をたのしみ、次第に芸がこまかくなり技《わざ》もあがった。たとえばゲーテの若い頃のいくつものドラマをアンナ・アマーリア自身も舞台に上がって演じ、一七八〇年にはフリードリヒ・シラーがこの館でドラマ『マリア・ステュアート』を完成している。現在でもさまざまな団体が、公営となったこの城館を使って文化的催しや教育プログラムを行っている。

ただし山中へ七キロの交通は当時は便利とはいえず、城館そのものの維持管理費がかなりのものだったので経済観念のすぐれたアンナ・アマーリアは一七八一年から夏の離宮を、もっとずっと近いワイマル市内東端のティーフルトに移した。

ティーフルトの館は公国領地の小作農管理館だったものを、アンナ・アマーリアが幼い次男(カール・アウグストの一歳年下の弟)コンスタンティーン公子のための小規模な城館とし、さらに一七八一年には彼を市内に移住させ、ここを広大な自然庭園を備えた離宮とした。そしてエッタースブルク以上に活発な文人・文化人のサロンを開いたものである。

アンナ・アマーリア(Anna Amalia 一七三九—一八〇七年)は、繰り返しになるが、二代前の領主以来厖大な借財を抱えた貧しい公国の財政を建て直し、ワイマルから見れば恐るべき圧倒的な超軍事大国プロイセンなどとの外交関係もみごとにこなし、ワイマルに作家ヴィーラント、ゲーテ、シラー、ヘルダーなどを多く集めて文化都市たらしめた女傑であった。自ら画をよくし、いくつもの楽器を演奏し、厖大な蔵書を集め、当時のヨーロッパの最高の宮廷教養を身につけ、しかも気張ることのない明朗な人柄だった。

長男カール・アウグストは即位の前後に二度フランクフルトの若い詩人ゲーテを訪ねて深い信頼感を持ち、ゲーテをワイマルに招いて、ついにゲーテをワイマルに永住させる。まずは貴族ではなく一市民にすぎぬゲーテを国政に参加させようとしたが、そのとき、老臣(たち)はこれに異を唱え、とくに内閣に当たる枢密参議会首席の地位にあったフリッチュが断固反対して辞任を表明したとき、ゲーテのよさを弁護して説得し、フリッチュをその職に留め、ゲーテを登用させたのはアンナ・アマーリアだった。ゲーテは生涯を通して文字どおり幸運児だったが、後にも述べるように「ワイマルのゲーテ」はアンナ・アマーリアなしにはありえなかった。

若きゲーテ

さて、ワイマルの冬は寒い。しかし雪はあまり降り積もらない。ワイマルにはじめて到着したゲーテはさっそくアンナ・アマーリアにも招かれてエッタースブルクに行く。ワイマルの北端から現代の自動車なら信号のない完全舗装の快適な道を十分足らずで行き着くことができる。当時は舗装はなく、良好な道路とは到底言えないとしても、上り坂でも馬車で四、五十分もあれば行けただろう。

大気のなかにかすかに早春の気配もする二月、ゲーテはこの山辺の城館でであろう、「旅人の夜の歌」を書いた。おそらく初回の訪問ではなく、二度目か三度目かのたのしいひとときだったろう。しかし彼は胸のなかでは、ワイマルに留まるべきか去るべきか、迷いに迷っていたのだった（エッタースベルクの「……ベルク」は「山」。エッタースブルクの「……ブルク」は「城館」の意。紛らわしいが、語源が同一である）。

六　永住への迷いと決断

一七七五年十一月七日(火曜日)ワイマル到着当日、フォン・カルプ家がさっそくドイツ人にとっての正餐である昼食を用意し、ワイマルの重鎮ヴィーラントも招待される。それにはゲーテ自身の意向もあったろう。ひょっとすると気まずい雰囲気になりかねなかった。フランクフルトで若いゲーテが若気の至りでヴィーラントの作品を酷評したことがあったからだ。それを平然と受け流したことのある心の寛《ひろ》いヴィーラントは、親しい友人の執筆家フリードリヒ・ヤコービ宛にさっそく十日付で一筆している。

「一目見たときからこの人間はなんと私の心に適《かな》ったことだろう。到着のその同じ日、私はこのすばらしい青年と並んで食卓につき、なんと彼に夢中になってしまったことか!」。

互いのわだかまりも一気に晴れ、その後ゲーテは幾度となくヴィーラント家の夕食に招かれ、また招いてくれと自分から頼み、快く迎えられる。当時も現代でもドイツ人の家庭の夕食は、料理らしい料理つまり煮炊きはせず、黒パンにハムの類いをのせ、お茶か軽い飲物ですませてしまうのが普通だから、家庭の主婦にとっての負担はごく少なく軽い。ゲーテはやってくるとヴィーラント夫人や七歳の娘のシルエット像、当時流行した黒い紙を切り抜く影絵でこの人たちの立像や座像を上手に作ってよろこばせたりした。

ワイマル到着後二、三週間の日々の記録は残っていない。ゲーテ自身も、忠実な従僕ザイデルも日録をつける暇もなかったらしい。だから詳しいことはわかっていないが、上下各層、宮廷人も街の人々も非常な関心興味を抱いて彼の姿を追い、迎え、歓迎した。事件イベントの乏しい田舎町では大センセイションだったろうことが想像できる。ゲーテは意図してまだ青い燕尾服と黄色いチョッキという「ウェルテル衣装」を身につけていた。ワイマルの若者たちは競ってこの服装を身につけた。この服装は必ずしもゲーテ＝ウェルテルの発案ではなく、当時の北ドイツでは一般的だったという説もあるが、ワイマルではその時熱狂的に流行した。若い女性たちはアイドルのように彼のあとを追って歩き、噂をした。

けれども宮廷人、貴族のあいだではゲーテは必ずしも歓迎されなかった。ゲーテが貴族のマナーをまったく知らず、身につけていないから眉をひそめる人も少なくなかった。しかし野人的でやや野性的な若い君主カール・アウグストは、それまで十数年間の厳しい躾と忍耐の反動から、鬱屈を吹きとばすように若い客人ゲーテを相手にしばらくのあいだ、少なくとも二、三週間は乱痴気騒ぎに近い暴れようもした。鞭音をことさらに強く鳴らして騎馬を走らせ、人々を驚愕の淵におとし、昼日中から爆竹を鳴らし、貴族のするものではないとされていた凍結した湖沼でのスケートなどに興じた。市外の村々を走り回り、村の娘たちと踊ったり「たわむれ」たりした。「若君」だったカール・アウグストにとって、八歳年上のゲーテは天才的な自由の指南役でもあった。

カール・アウグストだけではない。母公妃アンナ・アマーリアこそ、ゲーテの人柄と才気をただちに認め喜んだ人で、彼女はゲーテと連れだって市内の広場に出かけて花火を上げたり、爆竹を鳴らしたりした。それだけではなく、ゲーテは未完成で書きかけの『ファウスト』などを朗読してアンナ・アマーリアをはじめ人々を魅了し、深く感動させた。戯曲や散文を才のはじけるような、奔流のように噴き上げる筆力で書き始めたのに途中のままフランクフルトから持ってきた書きかけの未完成の原稿が幾編もあった。完成作品だけでなく書きかけの原稿を出来たところから家族や友人の前で朗読する習慣は多くの作家にあって、二十世紀のトーマス・マンや詩人リルケもそうだった。

到着後四日目、十一月十一日土曜日の夕方、交通局長官フォン・シュタインの家をカール・アウグストとゲーテが訪ねた。これがシャルロッテ・フォン・シュタイン夫人とゲーテのはじめての出会いだったかどうかはわからない。すでにアンナ・アマーリア付きの女官の職は退いてはいても彼女はワイマルのＶＩＰであり、ゲーテは到着後すぐに、ということはこの訪問の前日か前々日にシャルロッテ・フォン・シュタイン(Charlotte Albertine Ernestine von Stein. 旧姓Schardt 一七四二―一八二七年)、彼女と宮廷関連の集まりで知り合ったでもあろう。この日、三人の子どもたちが家にいた。四人いた女の子たちは早く亡くなっていて、男の子が三人いた。十歳のカール、八歳のエルンスト、それにまだ三つのフリードリヒ。のちにカールはゲーテの思い出の記を出版しており、最初の出会いをこう書いている。

「十一月の十一日、土曜日だった(ワイマル到着から四日目)と思うが、夕方、もう暗くなりかかった頃、若い公爵と若いドクトル・ゲーテが私たちの両親の家に入っていらした。ゲーテは当地に到着したばかりで、好奇心をかき立てた。……両親のほか、何人か同室され、女官のイルテン姉妹おふたりもいらした」。

子どもたちの遊び仲間で同じく貴族の子カール・フォン・リュンカー(八歳)が居合わせて大人たちに紹介された。彼も同想録に同日の思い出を記している。

「私は八歳のとき、似た者仲間のシュタイン家の子どもたちと一緒に、ワイマル到着間もないドクトル・ゲーテに紹介された。はじめて会ったその時すぐにゲーテは私たち子どもたちとシュタイン夫人のいくつものお部屋で、床に転がって遊び、いろいろ教えてくれた」。

子どもたちのうちのいちばん年下のフリードリヒ(フリッツ)・フォン・シュタインを、ゲーテはその八歳から十一歳の年(ゲーテ、イタリアへ密かに出発)まで自宅に引き取り父親代りの養育をした。

ゲーテ自身の日録、日記等はないのだが、こんなこともあった。十二月二日、土曜日。カール・アウグストの弟コンスタンティーン公子の館で晩餐会があった。ゲーテの友人で貴族のシュトルベルク兄弟は詩人、翻訳家としてすでに有名だったが、ふたりが旅行の途中ワイマルに寄ったのを機に宮廷のかなりの人たちとの会が催されたのだった。兄シュトルベルクの、遠くにいる妹宛数日後の手紙にこうある。

「突然扉が開いて、母公妃アンナ・アマーリアと美しいフォン・シュタイン夫人が厳かな身ぶりで公爵やゲーテ他の人々のいる部屋に入っていらした。それぞれ三尺《エル》はあろうと思われる、武器庫から持ち出した剣を手にして私たちの肩を打って(中世のままの)「騎士の礼」を執り行うという。一同、床にひざまずく。ふたりの貴婦人は卓をまわり、ひとりひとりの肩に剣をふりおろした。晩餐後、目隠し遊びに興じた」。

アンナ・アマーリアにはお茶目なところもおおいにあったことがわかるが、宮廷人のなかには苦々しく眉をひそめる者がいたのも、シュトルベルクは見逃していなかった。

シュトルベルク兄弟がさらに旅立っていったあと、十二月六日から九日にかけてシュタイン夫人に招かれ、ワイマルから南へ二〇キロほどの丘陵地にあるシュタイン家領域の水城《みずき》に泊る。周囲に堀をめぐらし、背後に鬱蒼と茂る森と手入れのいい花園がある古城である。ゲーテは夫人の書き物机の卓面に、濃いインク・ペンで自分の名を記した。Goethe d. 6. Dez. 75. の文字が二二〇年以上たった現在もはっきり残っている。その後この水城館にはよく訪れたらしく、ゲーテ自筆の堀のデッサンも残っていて、何気ない絵だが、木の葉一枚一枚にも情がこもっているように思える。

十二月十一日、月曜日にはワイマルの町はずれ二キロほどの丘の上に十八世紀に建てられた、ワイマルが誇るベルヴェデール離宮の君主午餐に招かれ、晩餐もそこでとる。ゲーテは貴族ではないので、市内では公爵家の正餐卓に同席はならない。必ず別室であった。しかし離宮は別とした、カール・アウグストの気の使いようがよくわかる。離宮には周囲に城壁のような壁がめぐらしてあったが、ゲーテの進言でのちに壁は取り壊され、美林のある離宮全体が一般市民に開放された。

　この頃、ワイマル地方教区の総責任者で市中心の教会の牧師の人選が話題になっていた。ゲーテはかつてシュトラースブルクでの学生時代にめぐり会い、実に多くを学んだ神学者で評論家のヘルダー(Johann Gottfried Herder　一七四四―一八〇三年)が最適と考え、というかヘルダーとの文通が続いていたので、それこそ全力を尽くしてヘルダー招聘をカール・アウグストに説いた。ワイマルの堅苦しいルター派の牧師たちや教会関係者たちは、文筆家として世に名高いがややリベラルなヘルダーには反対した。ゲーテは懸命に運動する。「私がこのワイマルを去る前に、地方教区総監督にあなたをどうしても決めたい」と一月二日には本人ヘルダーにも伝え、ついに成功する。シュトラースブルク時代の恩を返したと言える。

　しかし、年を越した一七七六年一月から二月にかけて、ゲーテはカール・アウグストの強い要請を受けつつもここワイマルに留まって宮仕えの身になるか、ここを去るべきか、たいへんに悩んだ。毎日毎日、人々を驚かせ続ける乱痴気騒ぎをしていたわけではない。何人もの主だったワイマルの要人たちが同じ思いで熱心に彼にここに留まれと説いた。しかし一月末になっても迷う気持ちに彼は非常に悩んだ。「頭も心も呪われたように滅茶苦茶です」とシュタイン夫人宛にも書く(一月二十九日)。

　一七七六年二月十二日、月曜日。「エッタースベルクの山辺《やまべ》」、おそらくエッタースブルクの館で「**旅人の夜の歌**」をつくり、シュタイン夫人宛に小さな紙片に記して送ったものが、夫人への手紙類のあいだに挟まっていた。揺れる気持ちと不安定感とがこれほどによくあらわされた文字はない。ここでエッタースベルクの山辺で(Am Hang des Ettersberg)とあるのは、森のなかというよりも山の北斜面にある公家《こうけ》の離宮エッタースブルク館内であろうと推測するのは、それ以外の木々の葉の落ち尽くした山中は寒気が厳しく、到底詩を落ちついてつくり、記してなぞいられないだろうからである。

二月に入ると徐々にワイマルに留まる気持ちが熱してくる。しかししばらくは留まるにしても、一生の永住とまでは思っていなかったようだ。カール・アウグストはゲーテを引きとめるため、心を砕き手を尽くした。ところがその頃、旅人ゲーテの財布がほとんど空になりかけていた。イタリア旅行も充分できるほどの金額をフランクフルトの父がくれていたから、当座は食客であり招かれた賓客でもあり、余り大きい額の出費はないとはいうものの、やはりお金というものは「要《い》る」もので、幼少の頃から大学時代も生活費や小遣に困ったことがけっしてなかったのに、生まれてはじめて懐が軽くなってきてさすがのゲーテも驚き、故郷の父宛に送金依頼をした。ところがもともと宮廷への宮仕えを喜ばぬ父はにべもなく拒否してきた。むすこゲーテは後述のファールマー夫人に頼みこんで、母アーヤ夫人を通して何とかお金を送ってもらったりしている。

下情に疎いはずのカール・アウグストがどのように察したのか、ゲーテに八〇〇グルデン（六〇〇ターラー）ものポケット・マネーを贈っている。そのうえ住居としてイルム川のほとりの家、通称ゲーテの「ガルテン・ハウス」を与えようと考え、春には実行している。これほどの気持ちがゲーテにわからぬわけがない。カール・アウグストのゲーテへの想いがこのようにきわめて固く細やかだったうえ、多くの要人たちの熱意あふれる説得と懇請がなければ、ゲーテのワイマル残留決心はなかったろう。むろん彼には彼なりに心のなかで小なりとはいえ一国の国政に参与し、大きな責任を負うようになることへの自負・自尊心が強かったろうが。

到着後二か月した一月にさかのぼるが、当地の先輩ヴィーラントは周囲に洩らしている、「ゲーテはもはや当地を去ることはない。カール・アウグストもゲーテがいなかったら、泳ぐことも水中歩行もできない」(一月二十六日、メルク宛)。宮廷一般はしかしかなり眉をひそめ続けてもいた。彼らが想像もしたことがないような乱暴狼藉を若いカール・アウグストが重ねるのをゲーテがますます増大させるように付き合うからだった。これはしかし一種の自由教育でゲーテはカール・アウグストの鬱屈した感情を爆発させ、兄弟のような親密な間柄をつくり上げて次第にあるべき君主像に善導していった。カール・アウグストは密かに侍従長フォン・カルプらに命じてゲーテの処遇を準備させ、三月にはフォン・カルプを通じてフランクフルトのゲーテの両親宛に以下の予定を伝えている(三月十六日)。ゲーテ自身もとうに了承していたことであろう。「休暇をとる自由、いつなりと職を辞する自由も保証したうえで、……年俸一二〇〇ターラーをもって、国政最高の決定機関員である枢密参議官に任じます」(同会議は長として老齢のフォン・フリッチュを含め三人がカール・アウグスト臨席を仰いでほぼ毎週定期的に開会された)。これが文書として残っている記録だが、同年六月に正式に発令となった。

二月十九日、フランクフルトの文学活動時代から心を許して文通していたヨハンナ・ファールマー宛に、ついに書いた、「ファールマーおばさま、もう変わりません、ぼくはここに留まります。……近々シャルロッテの夫君、主馬頭《しゅめのかみ》(交通局長官)フォン・シュタインが公務でフランクフルトに寄り、ぼくの父と母に公けに事の次第その他を話すでしょう。彼をよろしくもてなしてやってください……」。――迷いのうた「旅人の夜の歌」作詩からちょうど一週間目である。

七　シュタイン夫人

この後、シュタイン夫人は、ゲーテがイタリアへと旅立ち、帰国してふたりのあいだがこわれるまで、不思議な存在だった。激しい恋人か、ゲーテの言によれば「すでに前世で姉か妻だった」ような女性だった。

ゲーテの家からほど遠くないワイマル大公の霊廟に、ゲーテの遺骸はシラーの柩と並んで葬られている。明るい公園のような墓地の一隅にシュタイン夫人のお墓がある。墓石に彫ってある夫人の肖像は、思いがけず可憐であった。私は彼女の透きとおるように白い、小さな顔のリリーフの前に立ちどまり、微笑まずにはいられなかった。「美しい魂」がそのまま顔になったと言いたくなるような、静かで、それでいて可愛い面立ちである。

このワイマルにフランクフルトからやって来て、自然に深く触れるようになり、そのことによって生きた自然の有機的な法則性を知り、また社会生活の規範、治政者の重い責任を学んだゲーテが、七歳年上のシュタイン夫人との、享楽的ではない、おそらく高度に人格的な交際と愛によって人間的に深められていった過程は、人との出会いがどんなに貴重なものであるかを示してくれる。彼の方からだけで一七七二通もの書簡は、その証しである。

人妻である彼女は、すでに七人の子をもうけていた。病みがちで控え目な夫人は、ゆたかな感受性に富んでいて、ゲーテの文学のことごとくを隅々までよく理解した。本人の意識しないひだひだまでも、しっとりとした感性で理解し尽くし、受けとめてくれた。そして激しい気質の若いゲーテに、規範と秩序への感覚を与えたと思われる。

この夫人のおもかげは、戯曲『タッソー』や『イフィゲーニエ』に刻まれているが、彼女に宛てたいくつかの短詩も、微笑ましい。彼女との愛による深い感化のうちに、青年ゲーテは堂々たる壮年に成長していった。

シュタイン夫人の夫は公国の主馬頭、言いかえれば交通局長というところだろうか。いつだったか、作家宮本百合子が、何よ、シュタイン夫人だなんて言ったって、馬屋のおかみじゃないの、と言ったのを聞いたことがあるが、それでもいいではないか。馬引きのおかみで何が悪かろう。高校生の私は当時そう反発した。本当は主馬頭は君公の信頼厚い最高要職者のひとりである。たぶん宮本百合子が言いたかったのは、注目すべきことは何とか夫人とか貴族とかいう肩書でなくて、人妻であってもう女性の花の生命も終わろうとしている七人も子を産んだ人が、ゲーテの愛をこんなによく受けとめ、自らも燃えたことをブラヴォーと讃えようとしたのかもしれない。

それにしても、ときとして激越なほどの感情をほとばしらせる若いゲーテの奔放な手紙や日常の振舞いから考えて、ふたりのあいだは本当にプラトニックなだけのあいだだったのだろうか、と私でさえ考えることがある。プラトニックだから(つまりセックスはなかったから)かくも長く友情が続いた、と言えるのかもしれない。シュタイン夫人に捧げた若いゲーテの詩を、一、二ご紹介しよう。正直なところ微笑ましいが、ゲーテにしてはやや凡作だと私は思うのであるが。

シュタイン夫人に

きよらかなしずかな自然をここで写しながらも
心はながい苦しみでいっぱいだ。
いつもあのひとのため生きているのに
あのひとのため生きてはならぬのだから。

*

岩場に咲いたこの花を
だいじにあなたにささげます。
いつかしおれるはなであっても
とわに代らぬ愛のしるしに。

*

ああ　運命のちからにおされ
不可能求めてやまぬわが身。
愛する天使のために　平凡の日を生きてはいないが、

ここ山顚《さんてん》にあれば　わが心君のために生く。

*

ああ　やはりあなたはわがもの、
わが身はあなたのものでした。
この真実を　もう
疑いはしますまい。
あなたのおそばにいるときは、
愛してはならぬと思いつつ、
遠く離れているときは、
ああ　愛の強さをひしひしと思います。

(An Charlotte von Stein)

狩人の夕べの歌

息をつめ　銃をかまえて
心猛《たけ》く野をゆくと、
目に浮かぶ　あのおもかげ

なつかしいあなたのすがた。

野を行き谷をさすらっておいでだろうか、
いま　ひとりしずかに。
ああ　ひとときでよい　ぼくの姿を
思い浮かべてくださるだろうか。

憤懣《ふんまん》身のおくところを知らず
かくも激しく世をかけめぐる
そのもとは――
あなたとの別離《わかれ》。

だがあなただけをひたすら思えば
月を仰ぐかのよう、
どうしてなのか
静かな平和が　おとずれてくる。

(Jägers Abendlied)

八　母公妃アンナ・アマーリア

母公妃アンナ・アマーリアは、十八歳の年にワイマル公妃として嫁いできたが、カール・アウグストを出産し次男を懐妊中の身で夫を失い、当時としては異例に近かったが幼い長男の摂政となって国政を司り、前述のようにカール・アウグストが成人式を迎えた一七七五年に摂政を退き、朗らかな人柄と芸術的センスと教養あふれる才能を生かし、貴族だけではなく一般市民を市内の居宅や離宮に集わせ育てて、恒常的なサロンをつくった。

ゲーテは賓客としてワイマルに招かれて来、数か月後には定住を決意し、国政に参加するようになってほぼ十年。イタリアへ向けて旅立つまでの若い日々、彼が七歳年上のシャルロッテ・フォン・シュタイン夫人と深いプラトニック・ラヴの間柄になり、この十年のあいだに一七七二通もの手紙を送ったことはよく知られている。シュタイン夫人からの書簡はイタリア旅行後、ふたりのあいだが破綻した後に夫人の求めによって取り戻され、一通残らず破棄された。夫人の遺族（むすこと孫）によって保存されたゲーテからの書簡は市内の「ゲーテとシラー・アルヒーフ（アーカイヴ）」に保存されているが、どのひとつにも宛先人への実名呼びかけがない。当時の書簡は書面を認めた用箋の一部を白く残し、そこに宛先人氏名、住所を書いて巻き、封をしたらしいが、当時は封筒を用いる習慣がなく、ゲーテは多くの場合手づくりの封筒を用いたとされている。書簡箋そのものには宛先人の名がないのは、そのためなのか。十年間に一七七二通もの熱烈な書簡をよくも書き続けたものだと感嘆せざるをえない。

ところが今世紀つまり二十一世紀に入ってから、ゲーテの真の恋人は十歳年上のアンナ・アマーリアだったのであり、両人の間柄はプラトニック以上のものであった、長い秘密が洩れそうになってゲーテはイタリアへと逃走したのだ、シュタイン夫人は真実の恋人ではなく、偽装の煙幕だったのだという説がにわかに声高に語られるようになっている。真偽のほどはまだまったく確かめられてはいない。ワイマル在住のイタリア系ゲルマニスト、ギベリーノ(Ettore Ghibellino)の詳細を極めた新説で、週刊誌『シュピーゲル』が大きく取り上げたためもあって世論の話題となっており、支持する学者も少なくはないけれども、私にはまだ充分な証拠があるとは思われない。最大の根拠とされるのは、宮廷女官だったゲルツ伯夫人が、内実を言えばゲーテに反感をもって職を去りベルリンに移った元ワイマル宮廷人の夫宛に、「アンナ・アマーリアはゲーテを愛しています」という手紙を一度送ったことのみで、「愛している《リープト》」の解釈はどのようにでもとれるだろう。ワイマルでは今(二〇一二年)になっても議論が盛んに行われているようなので、結末の情報を待ちたいものである。アンナ・アマーリアは美人ではないが小柄で才気溢れる明るい性格の女性だったようで、宮廷恋愛《コートリ・ラヴ》のようなことがひとつやふたつあったかもしれない。少なくとも十年間ほど、ゲーテへの信頼は絶大だった。二〇〇年たった今となっては、彼らの間柄がギベリーノ説のとおりとする確かな証拠はどうやら出てこないようだが、ゲーテを神聖視する人々には耐えがたく許しがたい説であるかもしれない。

一七七二通ものゲーテ自筆のシュタイン夫人宛の書簡は、ギベリーノの「精緻な」書簡原文の読みによれば、全部がシュタイン夫人宛のものではなく、いくつかは彼女とその夫、ワイマル公国主馬頭、つまり交通局長官フォン・シュタインのふたりがアンナ・アマーリアのもとに密かに届けた書簡であり、シュタイン夫人は隠れ蓑だったというのである。アンナ・アマーリアからゲーテへの書簡は、シュタイン夫人からゲーテ宛のものと同様、完全に破棄されて、ただの一片も残っていない。

一七七二通のうちのどれとどれがシュタイン夫人宛で、どれがアンナ・アマーリア宛かは、ギベリーノ自身も判定をつけられないでいる。なかにギリシャ語でゲーテが書いた手紙もある。アンナ・アマーリアはラテン語もギリシャ語もよくした。シュタイン夫人はフランス語、ラテン語はできたが、ギリシャ語はおそらくできなかった。従ってそのギリシャ語の(イタリアからの)書簡は、シュタイン夫人と夫の手を通してアンナ・アマーリアに宛てたものにちがいない、とギベリーノは説く。本当にそうだろうか。なお正確な調査が必要だろう。話としては面白いが、小さな町ワイマルの、そのまた小さな母公妃の館での家臣との長い期間にわたるアフェアが、女官たちや召使の口から果たしてけっして洩れないものだろうか。

イタリアからワイマルに送ったゲーテの手紙は途中でウィーンの帝国警察の手で密かに検閲されていた。ゲーテはプロイセンのスパイではないかと疑われていた。ワイマルの宮廷でも密かな検閲体制は整っていたから、ゲーテはアンナ・アマーリア宛の手紙をすべて元女官のシュタイン夫人と、さらにその夫シュタイン長官の手で完全に個人的に手渡していた、その返事も同様だった、とこの最近の学説は言う。

さてアンナ・アマーリアは、一七七五年まで長男カール・アウグストの摂政を続け、退位してからは前述のように市内ヴィットゥムス・パレなる小ぢんまりした、しかしよく手入れのできた家に終生住み、実のあるサロンを開いた。一八〇七年に世を去る頃、ゲーテとのあいだはいくらか疎遠になってはいたが、互いの抱く敬意はそこなわれなかった。

アンナ・アマーリアは若くして大きな苦労をした。思いもかけぬ摂政という国政の重荷を長い年月にわたって負い続け、巨額な国家負債をほとんど完済して成人した長男に国権を譲り、終生、人と芸術を愛してワイマルを芸術の都にした。お金のない貧乏な国だったから政治改革も社会改革も思いに反してできなかった。思うようにさせまいとした宮廷官僚(貴族)たちの目に見えぬ陰謀もあったらしい。摂政の最後の年にはワイマル城が原因不明の火災で焼け落ちた。再建には二十数年かかっている。

それでもアンナ・アマーリアの足跡は、今日のワイマルを歩いても、ここそこに多くうかがうことができる。たとえば、かつてワイマルの城はイルム川の水を引いて二重の堀に囲まれていた。それをすっかり埋め立てさせたのはアンナ・アマーリアだった。今、歩行者天国の美しい目抜き通りになっている道幅の広いシラー通りも、かつて彼女が取り壊させた古い城壁の跡である。街の出入りを厳しくチェックした四つの市門を取り壊して町を発展させたのもアンナ・アマーリアだった。焼け落ちる前だが、お城の広間で通年の演劇上演を行い、週三日は一般市民に無料で開放し、また、レッシングの『バルンヘルムのミンナ』を契約劇団に上演させた。ドイツ一般に演劇と言えばフランス語が普通だったのに、この作品はドイツ語での上演だった。それでいて彼女はいくつもの外国語をよくし、翻訳作品も多かった。城が焼けたあとは旅の劇団を雇う財政状況にはなかったので、離宮などで素人演劇をゲーテも自ら加わってしきりに催した。ゲーテの『イフィゲーニエ』をはじめ、多くの作品が演じられ、文人や宮廷人が素人出演しているうちに腕と技があがった。のちにワイマルに国民劇場が出来たゆえんである。四種もの楽器をよく弾き、作曲をし、油絵やデッサンもよくした。

何にもまして書物を愛する人だった。ワイマル城が焼け落ちる前に、宮廷の図書室を拡充して城外の別の独立の建物に移して本式の図書館にした。のちに「アンナ・アマーリア図書館」として、ヨーロッパの古典主義文学最高最大の蔵書を誇ったのに、二〇〇四年九月二日、一夜にして焼け落ちてしまった。電気設備の不具合と言われているが、実に惜しいことをしたものだ。全世界からの援助で二〇〇七年に再建が成ったが、かつての貴重な初版本や羊皮紙本の多くはもうない。

アンナ・アマーリア母公妃

というようなことよりも、何よりもアンナ・アマーリアは小柄で目のくりくりと大きい、魅力的な人だった。声も美しかったらしい。

人と芸術を愛し、ヴィーラントやゲーテ、シラー、ヘルダーたちを重んじ愛してワイマルにひきつけ、むすこのカール・アウグスト公をして、これらの星々の活躍と生活を保障し守らせ、それぞれの生涯をこの地で全うさせた契機は母なるこの人だった。

アンナ・アマーリアがゲーテを「愛した」というのは、ありうることだろう。それも後年の慇《いん》懃《ぎん》なるゲーテ閣下を、ではなくて、ワイマルに招かれてきてイタリアへ密かに逃亡するように旅立つまでの、のびやかな外面の陰に、故知らぬ「不安」に胸騒がせる青年ゲーテを、だったろう。

しかしギベリーノの詳しい論説を読み進めていって、ひとつだけありうることかもしれぬと思われるのは、高位帝国貴族のアンナ・アマーリアが、もし平民でのちには名称爵位の「フォン」をいただいただけのゲーテとのあいだに永続的なアフェアを持ったことが知られれば、強大国でアンナ・アマーリアと近親関係にあったプロイセン国王が乗り出してきて、ワイマルを罰して併合したかもしれない。これがギベリーノの主張の要点である。この点について私に確信はない。その徴候はなかった。しかしその脅しにあってゲーテは突如イタリアへと遁走した、というギベリーノ説は面白い。ただ、突発的遁走ではなく、実はすでにかなり前から計画し、カール・アウグストの内々の許可同意も得てのイタリア行ではあった。したがってギベリーノ説の最大の根拠は危うい。

九 「旅人の夜の歌」その一

ザクセン＝ワイマル＝アイゼナハ公国のワイマルに君公の賓客として招かれて三か月の旅人ゲーテ。沸き立つような覇気に満ちた二十六歳。誰にでも好まれる魅力にあふれていながら、本人自身は一刻《いっとき》もじっと同じところに立ちどまっていることができず、たえず前へ前へと進まずにはいられない、つきあげてくるような内面の衝動に身を灼く男。

彼が、ワイマル北縁にある小高いエッタースベルクの山辺にある公国の離宮に招かれ、全山を深々と包む森と大きな空を見上げながら厳寒の山歩きをしたあと、冬の日が沈んで夕闇が全世界におりてくるときに、一篇の詩を作った。「旅人の夜の歌」八行である。強弱トロカイック格が四脚の単純なものだが、色縁取をした八折紙にゲーテが書いたこの詩は、シャルロッテ・フォン・シュタイン夫人宛の何通もの書簡に挟まっていたので、宛先人は記していないが同夫人に宛てたものと考えられる。作詩の日付と所が末尾に明示されている。

旅人の夜の歌

おんみ　天より来たり

すべての悩みと苦しみを鎮《しず》めるものよ
重なる悲しみの深き者を
慰めを重ねて満たすものよ
――ああ　われ人世《じんせ》のいとなみに疲れはてぬ
痛みも楽しみも　すべてそも何――
甘美なる平安よ
来たれ　ああ来たれわが胸に

（エッタースベルクの山辺で、七六年二月十二日）

詩というものは、とくにドイツ語の場合そうだが（訳であってもそれを）声に出して読み、言葉の音と、音の強弱、つながりをたのしむものである。そのうえで、何を歌っているか、少し考えてみよう。

①一行目、二行目、三行目、四行目、この前半四行は、天より来たって人を慰めてくれるものへの呼びかけ。

②五行目、六行目、――の線でくくってあるこの二行は、作者の溜息。

③七行目、八行目、終わりの二行は強い語調で「甘美なる平安（平和）」よ、「来たれ」と祈求して終わる。「わが胸に　来たれ」というのは、わが胸は平穏平和ではないからだ。不安が波立っている。これが青春であり、若いゲーテにほかならない。

細かい字句にこだわるようだが、四年後の一七八〇年にプフェニンガー編集のキリスト教雑誌に載ったものでは二行目の「悩み」Leidが「歓び」Freudとあり、それならば「重なる、重ねて」が自然に伝わってくる。また六行目の「痛み」は一七八〇年の形では「深い苦悩」Qualであり、ミスプリントかもしれないがQualと、aをふたつも重ねている。

ゲーテ本人が自ら目を通した一七八九年版の著作集では先に挙げた詩句になっているので、本書ではそちらに従っている。当時の雑誌等の印刷はものによるが編集者の勝手な判断が横行したし、校正のゲラ刷りが原著者のもとに届けられることもあまりなかったらしい。当時は版権の制度的保障はまるでなかった。一七八〇年の雑誌も無断掲載だったかもしれない(ドイツにおける保障確立はのちのゲーテの努力による)。

ここには、休む間もなく駆り立てられるように生きる営みに疲れた旅人の「我」が、天に向かって立ち、「こころよき(甘美な、かぐわしき)平安」すなわち心の平和に、早く我が胸に来てくれと呼びかけている。内面は不安な自分の努力だけでは何ともならない平安は、天より来るしかない。「営み」Treibenをここ二、三か月の馬鹿騒ぎと解釈する人もいる。乱痴気騒ぎには飽きたのだと。そうではなく、この語は「人生の全行動」の意味であろう。

さて、第一行目は、キリスト教の「主の祈り」の冒頭に似かよっている。「天にましますおん身、我らの父よ」と呼びかける「パーテル　ノステル」(主の祈り)に通ずる。そのため、この詩はさっそく北独ブレーメンの教会で賛美歌となって歌われ、一八七〇年まで約一〇〇年間用いられた。作者のゲーテ本人がそれについてどう思ったか、記録はない。苦笑しただけなのではないだろうか。というのも、ここで「おんみ」と呼びかけられていて、天から来るもの、とされているのは神や神の霊力や天使ではない。「我」という人間の心にあるべき平安平和なのだ。あってほしい平安平和は宗教的なもの、神的なものに通じないとは言えぬかもしれないが、ここでは明瞭に人間「我」自身のもの、自分の心に生まれ与えられるものだ。

　いや、この「おんみ」は彼がすでに恋し始めたシュタイン夫人だ、という解釈もある。夫人に「おんみ」と呼びかけ、助けを願い、甘美にしてかぐわしい平安平和を与えてほしいと祈るように懇願している、というのだ。しかしまだシュタイン夫人や母公妃アンナ・アマーリアとの間柄はこの願いを満たしてもらえるほどに深くはない。時期が尚早である。仮にシュタイン夫人による慰めを願っているとしても、夫人が「天から来る」存在だとまでは言えない。冒頭の「おんみ」が男性の指示代名詞 der(du) であることは、一般に人やものを指すときに用いて、相手が女性の場合もありうるかもしれない。けれども、「おんみ」と呼びかけている対象は快くかぐわしき(スウィートな)平安という自己内面の精神状態そのものなのだから、かぐわしく甘美なありようとはいえ、シュタイン夫人ではないと考えるのが正しい。

　男女の甘美な心身の合一だと解釈する向きの精神分析もあるが、それはこの段階では拡大解釈にすぎるだろう。逆に「死」と考えることはできるかもしれない。

　主体である「我」は「旅人」である。日本語の旅人にはそこはかとない人生の悲哀感がただよう。機能的な旅行者とはむろんちがって、時と場合によっては漂泊の人、さすらい人というのに近い。ドイツ語の Wanderer, Wandrer〔ヴァンドラー、ワンドラー〕には悲哀感はない。森や山を何時間でも歩きぬく健康な人であって、むろんゲーテがこの語を使うときは遠いかなたへの憧憬や展望をも含んだ語感ではあるが、第一義的には山中、冬の森林のなか、そして人生の道を懸命に歩いてきた自分をいとおしんでこう呼んでいる。

「夜」の歌というからには、今日一日の歩みを了《お》え、早い冬の日暮れを迎え、たちまち「夜」になっていく速い時の流れを全身で感じながら大自然に人間として立ち向かっている。そのとき、外界に向かっていた全神経がふと我に返り、方向を変えて自分自身に戻ってくる。そしてすべての営みに疲れ、不安で不満に満ちた自分を発見する。自己を発見するそのとき、嘆きは祈りの心になる。詩の前半の願いは、五行目、六行目の嘆息に支えられ運ばれ、改めて最後の二行で強い祈願となる。もちろん、不安と動揺が大波のように逆巻いている胸のなかであっても、だからこそ平安が欲しい。

　甘美なる平安よ
　来たれ　ああ来たれわが胸に

ゲーテという人はいつでも何事につけても、誰かを相手にして言葉に出して打ち明け、語りかけ、応答を待つ人だった。対話の相手は自分のなかのもうひとりの自分であることもある。ゲーテには言葉、言語にあらわした対話が人生のあらゆる折々に不可欠だった。会話でなくて手紙という形も好んだ。ときには手紙代りに紙片にさりげなく書きつけた詩句を届けるのでもよかった。何につけ言語化し、言語で表現し語りかけるのでなければ感じも考えもしなかったことになってしまう。彼は言語化能力にすぐれ、才能が豊かだった。

作品執筆中は独りであっても、ペンを擱《お》くや否やそこまでの進捗の具合、日常のことどもを心を許す人に語らずにはおられなかった。とくに女性たちに語り、かつ書簡を送って思いや感情を伝えた。一生のあいだ変わらず実に厖大な数と量の手紙を書いた。現代人ならメール利用なのだろうか。

今、エッタースベルクの山辺に立って、ゲーテはこう思う。ワイマルに招かれてきて三か月が経ち、ここに留まれ、宮廷に仕え、君侯を支えてほしいという強い要請に心動かされる。フランクフルトに戻れば財豊かな父の家で生活に困ることはない。しかしフランクフルトの固定化した社会生活、厳しい規律ずくめの父、沸騰し煮えたぎる大鍋の油のようだった作家生活と友人関係ももはや過去のものだ。美しいリリー・シェーネマンとの婚約。あの束縛も破棄して逃亡してきたこの自分だ。

いよいよ身の振り方を決めるところへやってきた。行く手はけっして暗くはない。暗雲が垂れこめてなどはいない。それどころか、小なりとはいえ、一国の最高階層に迎えられての将来は明るい。若い君主カール・アウグストはこの自分がリードしていける。自分はこの国に必要とされている。我ながら何という自負自信だろう。大きな我が両の眼、人を魅了する話術、超速度の筆力とそしてこの身体の健康！　金銭も父のもとには財産が豊かにあって、惨めな物乞いのような猟官、仕官運動をする必要はない。

ところが、我が身我が人生は何と不安と不満に満ちていることだろう。現状の自分自身にけっして満足ができない。心のなかに静かな平和平安をいかにしても見出すことはできない。存在の根底に不安がある。我が人生、我が青春のいくつもの「逃亡」があって、人をあやめたことはないが、それで美しい魂を傷つけたことへの罪責感は常に心を去らない。この不安はどうしたらいいのか。そのうえに今、ワイマル公国への任官の強力な要請懇請がある。断り切る理由はない。繰り返しになるが、新しい世界への挑戦の喜びと期待、自負も強い。しかしこの心身を宮廷に縛られてしまっていいものか。自分はまたいつの日か「逃亡」するのではないか。胸中は大波のように動揺もする。安らかでない。この状態にけりをつけるには、他人の智恵や助言や力ではなく、自分自身の力で、自分自身のなかに調和のとれた、それこそ「かぐわしい」心の安定・平和・平安を見出しつくっていかなくてはならぬ。

「おんみ」、天より来たるもの。それは実は自分自身なのではある。天の神にも、親にも友人にも頼みまかせることはできないこの孤独は何と深いことか。人間、たったひとりなのだ。人生は「旅」であり、この身は旅人。ときは夜を迎える。この詩にそこはかとなくただよう悲哀感が、訳詩からも聞きとれる。しかし悲哀感をただよわせながら、心の平安を願い求める言葉が圧倒的に強い。この強さこそゲーテの健康さであろう。二十世紀以降の底なしの不安とはまったくちがっている。

ウィーンのフランツ・シューベルトは、一八一五年七月五日に、この「旅人の夜の歌」(おんみ　天より来たり)をテキストにして静かなメロディの曲を作った。十八歳の若さだった。しかし

エッタースブルク離宮，
東ファサード

シューベルトの一八一五年は実に多産な年で、何と一年間で一四五曲もの歌曲を作った。「野バラ」、そしてこの「旅人の夜の歌」など、ゲーテの詩だけで三〇曲を数える。年末には同じゲーテの「魔王」を作曲した。

　シューベルトの「旅人の夜の歌」はフラットが六つも付いて静かに、ゆっくり、ほとんど単純なメロディで始まる。終わりの「平安よ」と繰り返すところで何と強いフォルテとなり、逆に伴奏の音だけは半ばからすうっと小さくなり、全曲が終わったあとピアニッシモのピアノが「胸に」の音をそっと二度繰り返す。このあたりは絶妙と言っていい。ゲーテは作曲者の生前にはこの曲は一度も聴いていない。ゲーテとシューベルトとの関わりについては改めて述べよう。シューベルト以外にこの詩をテキストにした多くの人の作曲は実に一五〇曲ほどもある。

　ゲーテはワイマルに定住してからも、幾度となくエッタースベルクの山に遊び、山辺の離宮エッタースブルクにもアンナ・アマーリアによく招かれた。西へ四〇キロのエアフルトから公務をすませてワイマルに帰るとき馬車をわざわざ遠まわりさせてこの山に向け、カール・アウグストやシュタイン夫人と落ち合ってたのしいひと時を過ごし、日暮れにワイマルに戻ったりすることもあった。

ワイマルから北東へ二〇キロほどの、同じイルム河畔の町アポルダにはワイマルにとって貴重な小さい紡績工場が(一九九二年まで)あった。そこを訪ねたあとワイマルに戻る道で、川や野や森を見やり「エッタースブルク。なつかしいここを離れることはできぬ」と馬上で涙を流したと伝えられている。若い日の彼は多情多感だった。離宮はエッタースベルクの山の北斜面にあるが、山を西まわりに上る馬車道もあり、晩年にも八十歳近いゲーテはそちらを通って山頂近くに遊び、眼下にワイマルを眺めて楽しんだりした。

ゲーテの名、Johann Wolfgang Goethe[ヨハン　ヴォルフガング　ゲーテ]。

一七八二年、三十三歳の六月、神聖ローマ皇帝ヨーゼフ二世により貴族に列せられてからは家名に von をつけて J. W. von Goethe となった。「旅人の夜の歌」二篇作詩の当時の名にはまだ von をつけない。

十　宗教（キリスト教）

ゲーテは紛れもなくドイツ人だった。ひょっとすると家系を遠くさかのぼった先祖には南方ローマの血が入ったのかもしれぬとされる、ゲルマン・ドイツ人だった。そのドイツはどのような国だったのだろうか。それには実に多様な見方があるだろうが、ごく素朴な政治史上の考え方からすると、ゲーテの時代のドイツは他の西欧諸国とは比較もできぬほど、統一国家になるのが遅かった。当時のドイツは、地域性の強い、多数の領邦の集合にすぎぬドイツ民族の「神聖ローマ帝国」だった。建前の上での「帝国」であって、単一の国家だったわけではまったくない。

しかし、そこには少なくともふたつの統一原理があった。ドイツ語という「言語」と、キリスト教という「宗教」である。

マルティーン・ルターは十六世紀に聖書翻訳によって規範的な標準ドイツ語をつくった。厳密な意味ではルター個人が近世ドイツ語を創作したわけではなく、言語史的にはすでに始まっていた高地ドイツ語で記した彼の聖書訳と諸文書とによって一般のものになったと言うべきであって、時代が規範的な共通のドイツ語を必要としたからである。たとえばそれまで大学での講義は中世以来ラテン語で行われていたのが、十七世紀にはドイツ語による講義に移行していった。そしてさらに十八世紀以降はレッシングやゲーテの文学がドイツ語を洗練し、ドイツ全土に言語的統一をなしたのだった。言語と深い関連性のある「法」も政治の基本原理だが、ローマ法と教会法はヨーロッパ全体に共通する法であって、特殊ドイツのものとは言えない(法律も言語によって成っている)。

いまひとつの統一原理はキリスト教だった。これもヨーロッパ全体に妥当するものだが、特殊ドイツ的なのはプロテスタンティズムだった。ドイツのキリスト教は十六世紀のこれまたルターによる宗教改革以来、カトリックとプロテスタントに分かれているが、根底は同じ聖書を基とする同じ神信仰の宗教であって、ゲーテの時代の社会生活も教育も法の感覚も両派の多少の差はあっても、強く深く宗教に支配されていた。冠婚葬祭を含め日常生活の節目ごとの儀式や習慣から始まって、カントやヘーゲルを頂点とする思想の世界に至るまで、ドイツは徹底してキリスト教国だった。

ただし、カトリックとプロテスタントの両派は教会堂の造り方や内装、式典・礼拝の形式には違いがある。また、大ざっぱな言い方だが、カトリックの礼典は様式的に美しいが、プロテスタントは言葉による説教中心で、理屈っぽい。ドイツはルターの宗教改革が起こったところだから全国がプロテスタントであろうと思われがちだが、けっしてそうではない。ゲーテの時代も二十一世紀の現代でも、ドイツはカトリックとプロテスタントの人口がほぼ同数である。ドイツの南の地方はカトリックが強く、北ドイツはプロテスタントが多い。だがそれぞれの地方全体が一色に決まってはおらず、市町村程度の範囲で小さな地域ごとに宗派による信徒数が偏り固まっていて、第二次大戦後の亡命受け入れや民族移動にもかかわらず、宗派の地域性はゲーテの時代も現在も、ほとんど変わっていない。

プロテスタントのなかはいかにもドイツ的にルター派とスイスのカルヴァンによる改革派、そしてその両派の統合をめざす合同派と、この三派が主流である。北ドイツにプロテスタントが多いと右に記したが、そのなかでさらにその北独の南部にはルター派が強く、北方にはルター派と並んでカルヴァンの改革派があり、ベルリンを中心とするプロイセンには合同派が多い。一見して宗教地図はまだら模様である。いったい何故なのだろう。

宗教改革による動乱が一応収まった一五五五年の「アウクスブルク和議」において、「クイウス　レギオ、エイウス　レリギオ cuius regio, eius religio（領主の宗派が領地の宗教）」の原則が決まり、各領邦の君主や自由都市がそれぞれ住民の宗派を決定する権限を得た。二十一世紀現在の宗派分布地図にもその影響は強く残っている。ワイマルは、ゲーテの頃も今もルター派の町である。むろん現代では人口移動もあり、ワイマルにもカトリック教会だけでなく、ギリシャ正教の会堂もあるが人口の大部分はルター派である。

ゲーテは帝国直属自由都市フランクフルトの主流ルター派の家に生まれ、ルター派の洗礼と堅信礼（コンファーメイション）を受け、聖書を実によく学び、シュトラースブルク（ストラスブール）大学法学部の学業を了えるときには、弁護士の資格を得る得業士試験に旧約聖書のヘブル語をテキストにした論考を提出論文とした。そしてワイマルはルター派の土地だったから、その点で若くして生活の拠点をワイマルに移すことに障りはなかった。これは現代日本の私たちが想像する以上に重要な条件であった。

晩年に至るまでゲーテの諸作品や会話、たとえばエッカーマンの『ゲーテとの対話』にも驚くほど多くの聖書からの引用が出てくる。ただし、けっして熱心に日曜日ごとの教会出席はしなかった。ときにはやや異教徒的でさえあった。しかしマルティーン・ルターの「第一の弟子」であると自負するほどルターを高く評価し続けて変わらなかった。

「思想とことば、対象と行為、それらの一致を志す我々はルターの真の後継者である」（一八二六年六月十七日）。

「私たちは、ルターと宗教改革全体に何と多くを負っていることか、計り知れない。私たちは精神的偏狭の鎖から自由になった。私たちの文化が発展させられ、源泉に立ち返ってキリスト教を純粋な形でとらえることができるようになった。私たちは神の創られた大地にしっかりと両足で立ち、神に与えられた人間の本性を自覚できるようになった」（八十二年の生涯を終える十一日前の一八三二年三月十一日）。

「十六世紀に輝き出たルターの生涯と事業とは、私をくり返し聖書へと導き、宗教的感情と思考との考察に導いてやまない」（『詩と真実』第三巻）。

「およそ人間の力でなしうる限りの力でルターは、神に関わることと人間に関わることとを峻別した。……それにもましてルターは人間の心に自由を与え、心に愛の力を与えた」（『牧師の手紙』）。

若いゲーテは戯曲『ファウスト』第一部に、主人公ファウスト博士が聖書を翻訳している姿を描いて、ルターの像を再現している。

我々は超地上的なものを尊ぶことを学び、
啓示にあこがれる。それは、
新約聖書の中におけるほど
貴く美しく燃え立つものはない。
おれはどうあってでも、この原典をうちひらき、
まずは誠実な思いをもって
神聖な原文を
わが愛するドイツ語に訳そう。
（彼は一巻の書を開き、訳し始める）
こう書かれている、「始めに言《ことば》があった」。

ルターは「ヨハネによる福音書」冒頭の有名な「はじめにロゴスありき」のロゴスを「言葉」と訳したが、ファウストは満足せず、ついに「行為《タート》」と訳す。人間の巨人的な行為行動を言うだけではなく、神自身が天地創造の行動をしたではないか、という意味をこめている。ゲーテの創作だが、「わが愛するドイツ語に」にもゲーテのルターへの親しみ、敬愛の心が読みとれる。
さて、このルターによる宗教改革ののち、ルター派の教会は「万人祭司」のテーゼを掲げて神

に対する人間の深い関わりと聖と俗の古い階層性に対する万人平等のいわばデモクラシーを打ち出した。しかしやがて領邦国家の領主権に対する従順さへと傾いていった。そのこともあってだろう、ナチは政権を手中にするや否や、圧倒的武力《テロ》をもって共産党と社会民主党を一気に壊滅させ、労働組合を屈服させ、次いで教会へ圧力を強めたとき、ルター派の多くの教会はかなり従順にナチに傾いていった。迎合した牧師もいた。背教のカトリックだったヒトラーの内心の軽侮を受けながら、うまく利用されて。そのような過去の克服は重い。むろんそれに対してプロテスタント諸派を横断して抵抗の「告白教会」が組織され、神学者カール・バルトの指導のもとマルティーン・ニーメラーやルター派の牧師ボンヘッファーのような身を挺しての壮烈凄絶な反ナチ運動があったし、カトリック教会のガーレン枢機卿たちによる一連の抵抗運動もあった。しかしそれもナチを内から崩すには到底いたらず、反ナチ的牧師や神父は片端からゲシュタポに捕えられ、ミュンヒェン近郊にさっそく設けられたダッハウの強制収容所に叩きこまれ、聖職者と神学者の虐殺された数だけでも五〇〇〇人にのぼった(ダッハウの総収容囚人数は約二十一万人だった)。

第二次大戦後、とくに米国等のナチズム研究者のあいだではマルティーン・ルターに始まり二十世紀のルター派教会がナチズムの台頭と支配の原因だったのではないかという論があとを絶たないが、完全にそのとおりだとは言えないと私は思う。

ベルリンの壁の崩壊直後に私はまた、トーマス・マンが愛し私自身にもなつかしいワイマルの古いエレファント・ホテルに泊まった。ホテルの前は市庁舎広場である。東西両ドイツの統一が

エレファント・ホテル(ワイマル)

成った年の暮、クリスマス一週間前の日、夕刻から市庁舎広場を埋め尽くして市民が集まり、市民集会を開いていた。壇上に立った市長の発声で人々は実にドイツらしいクリスマスの歌をいくつも歌った。大合唱だった。人々の目に涙があった。共産主義の東独時代には公共の場でクリスマスの歌を歌うことは禁じられていたのだ。東ドイツ各地の文化財保護状況の視察調査を了えた「**旅人**」の私も声を合わせて、ルターが作詞作曲した歌を歌った。歌の合間に市長が、「今宵は日本人もここに来ている」と紹介して大きな拍手が巻き起こった。石油石炭がなくて暖房用に燃やす褐炭の目鼻を刺すような匂いがたちこめる、厳寒のワイマルの「**夜**」の歌だった。

II

憩いの歌

キッケルハーンからの眺望

テューリンゲン州

ベルリン
300 km
ライプツィヒ
140 km
フランク
フルト
250 km
アイゼナハ
ゴータ
エアフルト
ワイマル
イエナ
イルメナウ

一 イルメナウ

ワイマルに留まることを内々決めてからほんの二か月の一七七六年五月三日、ゲーテは公国の南の飛び領地イルメナウに出かけた。まだ公式任官をしていない身ではあるが、カール・アウグスト公の内々の意向を受けて半ば公的な騎馬行だった。

その頃領内の村々、ワイマル市内でもよく火事があった。生地フランクフルト市内でも火災があるとゲーテは消火活動に率先して加わるのを常としていたが、ワイマルに来てからもそうだった。イルメナウでも火災があったばかり。その現場検証と予防策の検討がこの旅の目的のひとつ。もうひとつは閉山中の鉱山や坑道の事情調査をすることである。四十年ほど前までは銅と銀の採掘が盛んに行われていたので、鉱物の地下埋蔵はまだあるはずだ。たしかにあるという調査報告も届いた。もし鉱山再開発ができれば国家財政に大きな寄与をするだろう。一代主権の交代直後、若い領邦君主はさまざまな改革を志すものであって、カール・アウグストも例外ではなく、ゲーテを最も信頼する相談役として農地改革、財政再建、イルメナウ鉱山再開発などを真剣に考えていた。

公の意を受け、半ば公務としてゲーテは約五〇キロ南西のイルメナウに騎馬で到着。貧しい町の悲惨な火事の被災跡や廃坑の実態に衝撃を受け、すぐ文書でカール・アウグストに詳しい報告書を送っている。そして書いた。

「けれども、このあたりの自然はすばらしい、実にすばらしいです――」。

イルムの上流の清らかな水。清水に洗われた岩、石、砂。そして南方に連なるテューリンゲンの森の、樅《もみ》やドイツ唐檜《とうひ》、白樺などのみごとな美林とに深く魅了された。この日からゲーテとイルメナウの深い関わりが始まる。第一には鉱山開発、第二には自然観察だった。

そのために何十回もこの地を訪ねている。鉱山再稼動のためには、しばらくの後、非常な労力と時間と財を公私ともに費やしたけれども、結果的には坑道の湧水と水没を食いとめられなくて計画全体が完全な失敗に終わった。ゲーテの経験した大きな挫折のひとつである。ゲーテがイルメナウ再開発委員長となって総指揮を執った事業は一七七七年に始まる。彼は多忙の身でそれから何十回となくイルメナウを訪れている。ところが計画が最終的に失敗に終わって事業挫折が決まった一七九六年から一八一二年までの十七年ものあいだ、あれほどに深く愛したイルメナウをたったの一度さえも訪れなかった。苦い苦い思いだったのだ。

しかしこの計画実行の努力を重ねていたあいだに、思いがけぬ彼の成長、人生の収穫があった。それは自然研究という今まで思いもしなかった行動である。現代のような分析的自然科学が極度に細分化されてはいない時代だったから、ゲーテの精神活動を自然科学というより博物学的自然学と呼んだほうがいいかもしれない。何よりも観察すること、これであった。木を、葉を、花を、石を、土壌と大地を、雲を、人のからだをじっとよく観察した。たとえば私たちは木や花を見れば、その名は何というかを問うだろう。草木の名を知ればそれでいい。もう一歩進んでも、科や目《もく》の分類名を尋ねてそれで満足する。ゲーテはそうではなかった。あくまでも表面的な形や名、つまり分類ではなく、一形態が次の形態に変化発展していくいわば変化過程の観察を行い、その上で観察したことどもを総合的に考えた。分類だけの「科学」を拒否した。こうして彼の全生涯のテーマ、自然研究がここイルメナウから始まった。

　しかしそれに加えてイルメナウで彼が経験したもうひとつの重要なことは、その時はさほどの意味がないように思えたが、ゲーテの生涯と自然研究に与えた、登山というものの大きな意味だった。一七七六年五月、二十七歳のこの時彼はイルメナウ近くのキッケルハーンの山に登った。八六一メートルの山頂からテューリンゲンの山々、峯々を見渡した。四年後「旅人の夜の歌」その二（峯々に　憩いあり）を作った山頂である。頂上を極めたというたのしさと喜びよりも、山頂から周囲の山々や谷の形状を注意深く眺め、心に刻んだ。この大地とりわけ山地が、どのような地殻変動、地盤隆起や沈下、流水による侵食や風化などによって成ったものか。それは麓から見てもわかるものではない。地理地勢を知ろうとしたらまず山の頂上に登り、自分の眼で周囲をよく見ること。これは二十一世紀の地理・地質学徒にも要請される必須事だ。ゲーテは美しい自然に感動しながら、地形観察の一歩を踏み出した。

　ゲーテのワイマルにおける公的生活はこうしていわばフル回転で始まっていく。もはや公とふたりの乱痴気騒ぎなどしている暇はない。毎週一回、カール・アウグスト公臨席のもとに開かれる国政最高決定機関の枢密参議会は、「閣僚」三人のうちゲーテが三位目の新人だが、公の信頼は第一にゲーテにあった。そして彼の上にいくつもの重責が負わされる。

まず鉱山再開発。次いで農地改革と農業の生産性向上、うち前者は結果的には多大の辛苦の末、挫折、失敗に終わる。が、うまくいった課題もある。（予算欠乏のなかでの）道路の整備、河川の護岸工事、学校行政、イエナ大学の改良、税の徴収改善と強化そして何よりも軍備の削減。これは大きかった。砲兵、騎兵、歩兵の将校と徴集兵から成る軍隊の費用は約六万ターラー。国庫収入が年間二〇万ターラー。宮廷費二・五万ターラーと比べてその国家財政に対するアンバランスな重荷ぶりがわかる。軍隊好きになった公を説き伏せてゲーテは兵力を削減して年間軍備費を半分の三万ターラーにした。きわめて大きな功績である。公の信頼あついゲーテでなければできなかった。その間もゲーテの上に仕える姿勢は、親しいなかでも実に慎重で丁寧だった。

この軍備であるが、時を告げる号砲を打つ砲兵と軽騎兵だけは減らさなかった。公家《こうけ》の国家的行事の護衛に必要なだけでなく、軽騎兵三十一人は市内の通信連絡に終日走り回っていた。ゲーテのもとにもどこにいようとも朝夕定時に軽騎兵が現われ、書簡類を指示された先に運んでいき届けてくる。つまり市内、領内の文書配達であってスピードはきわめて速い。市外国外との通信は、帝国直属のタクシス郵便事業社が効率的な郵便馬車によるネットワークを広げている。

軽騎兵を削減しなかったのは、ゲーテの深謀だった。シュタイン夫人宛の手紙だけではない。厖大な信書を、市内領内の場合は軽騎兵を使って発信受信できて、自宅の私的使用人をほとんど使う必要がなかったのである。

当時の手紙は、既述のように、帝国勅許タクシス郵便の場合、料金は受取人払いだった。紙の重量×距離によって料金が計算される。後半生のゲーテのもとには全国、全欧からの書簡郵便が日々大量に届けられ、その精算額は大きかった。勝手に手紙や印刷物、楽譜などを送ってくる人が多い。さすがに閉口した彼は、後年、「神聖ローマ帝国内国務大臣はポスト・フライ（郵便料金無料）」の帝国法令条項を申請適用させたりしている。彼の大臣《ミニスター》資格は終生続いた。

なお、軍備半減措置により退職した兵士たちのうち、優秀な者は市内の警察用に再雇用し、同じく少数を道路事業に雇い、残り大部分の者は農村の次男・三男が多かったので、それぞれ自家に帰らせた（ドイツ史家・坂井榮八郎氏のご教示による）。

二　ハールツ冬の旅

一七七七年十一月二十九日、二十八歳のゲーテはワイマルから遥か北方のハールツ山脈に向けて単独騎馬の旅に出た。山旅にいい季節とは言えないが、エッタースベルクから北へ、あまり人も通らぬ細い道を行った。思えばワイマルに到着してから丸二年経った。多忙の日々だったが、ある時はカール・アウグストに同行し、ある時は単独で、よく公国内の旅をした。

この度は、カール・アウグストが領地アイゼナハで狩をするのに、二日遅れて合流する申し合わせだったが、実際は二週間も雪中の山行きをたのしんだゲーテは連絡はしたとはいえ、たいへん遅れて合流した。相当な行動の自由を許されていたものである。公爵の方もワイマルを離れて二週間も山狩に出かけているのだから、つましい中世日本の将軍や諸侯殿様の日帰り鷹狩とは比べもならぬゆとりではある。ただしカール・アウグストは、こういった旅や狩の折々、各地に何人も子を作っている……。その点ゲーテはたいへん「身持ち」が良い。そしてこの旅でも、日々旅先から友人やワイマルのシュタイン夫人に、情のこもった手紙を日記のように書き送っている。

今回めざすのは中部ドイツ丘陵地方北辺の峻険なハールツ山地で、南北九〇キロ、幅三〇キロほどの、切り立つ峯の連なる特異な地帯である。太古に複雑な地殻変動を重ねた山地だけに、当時は銀や銅、鉛や錫などの鉱物資源があって多くの鉱山が栄えていた。南から北へと馬を進めたゲーテは、積雪深い主峯ブロッケン山に丸一日かけてむろん徒歩で登頂し（『ファウスト』のなかの「ワルプルギスの夜」の舞台である）、麓におりるといくつもの坑道に自ら入って鉱山業の実際を学んだ。イルメナウの鉱山開発を考えてのことにちがいない。彼の広い岩石研究もここに始まり、日記のようにシュタイン夫人宛に書き送っている手紙に実地の模様が詳しく述べられている（そのざっくばらんな文体からしても、これらの手紙が実はシュタイン夫人宛ではなく、アンナ・アマーリア宛のものと推定することはとてもできない）。

ブロッケン山は標高一一四二メートルとはいえ奇岩多く、雪中登山は非常に危険だから麓の村人たちが誰ひとり案内に立ってくれず、ようやくひとりの案内を得た登頂はゲーテの内心に大きな歓びを与えた。来し方二年を振り返り、ワイマルのこれから先の行く道をこれでよいと確認した思いがしたのであった。山頂に立って快晴の空と山麓の野を見渡し、自らが世を見おろす一羽の大きい鷹になったように感じ、人の幸と不幸を思い、万物の主なる愛の神に心からの感謝を覚えるのであった。でも、ふと心をよぎる暗い影がある。ワイマルで、この山の北麓に住むひとりの教養ある未知の青年から、身の上相談の手紙を受け取っていた。受け取ったまま返事もしなかったことが心にひっかかっていた。

そのプレッシングという同年生まれの青年を北麓の町に訪ね、長時間丸一日話を聞いてやった。牧師の子であるプレッシングは優秀な神学徒であったが、現代でいううつに苦しんでいた。心理学者でも医師でもないゲーテにはなすすべはなかった。自分を頼ってきた生命を助けることができない。そのことがゲーテを逆に苦しめた。うつという病名は当時はむろんまだ知られていない。

ただ話を聞いてやるしかなかった。ゲーテ自身にも躁鬱の期《とき》があったと、精神病理学者クレッチユマーは説いた。その後ワイマルからゲーテは数年にわたってプレッシングが哲学者として自立するまで金銭的援助を続けた。年俸の七分の一を援助に当てている。他にもそういった、黙して人を助けるケースがいくつもあった。明朗闊達で人生の苦労を知らぬかに見え、人好きのする人柄だが、ゲーテは実は孤独ということ、孤独の人に対して深い同情を覚え、自らの存在の孤独を深く思うのだった。人と群れるより、そっと独りになるほうがよかった。

そんな自分を救うのは、言葉を創り文字を刻み、それを人に伝え、詩にうたうこと。この幸せを彼は天よりの恵みと感謝していた。ギリシャ・ローマの時代から鷹という鳥は未来を視て予知するものとされているが、鷹のように空に浮かぶがごとく飛び、世界を俯瞰する詩人の幸せを彼は長い詩にうたった。

冬のハールツ紀行

鷹が
重い朝雲の上を
翼も動かさず
獲物はいずこと視るように
わがうたよ　浮かべ。

人ひとりひとりに
神は　あらかじめ
その行く道をお示しになる。
幸運なものはその道を
めざすかたへと
すばやく走る。
だが　ふしあわせに
胸締め付けられたものは
鉄線の
しがらみに向かって
さからっても虚しい、
苛酷な鋏が
その糸を断つ。

繁みの棲家《すみか》に
野のけものらは押し入り、
そして雀とともに

富裕な人々はすでに
泥沼に沈んだ。

幸運の女神の曳く
くるまに従って行くのはたやすい。
たとえば気楽な侍従らが
坦々としたよい道を
君侯の入城に従うように。

だが人と離れ、かしこに立つのは誰か。
繁みに彼の道は消え、
その行くあとに
繁みはうち閉ざし、
草は起きなおり
荒地が彼を呑みこむ。

慰めの香油も毒となり、
溢れる愛を飲みほして

人間憎悪を得たものの
苦しみを　ああ　誰が癒《いや》そう。
まず軽んぜられて　今は軽蔑するものとなり、
飽くなき我執にとらわれて
自らの価値をひそかに
食いつくす。

父なる「愛」よ。
おんみの竪琴《たてごと》に
彼の耳に響く音があるならば
その一つの音で彼を慰めてください。
渇く彼のそばに
荒野にも多くの泉があることを
彼の曇った眼をひらいて
お知らせください。

よろこびを多く創り
すべてのものに限りなく与えるおんみよ、

野のけものを追い
若さの心たぎらせて
殺戮のよろこびに酔う
若い狩人たちを祝福してください。
いく年もの長いあいだ農民たちが
手に棒をもち防いでも防ぎきれなかった
あの禍に今復讐しているものたちを。
けれどもこの孤独なものは
おんみの金色の雲で包んでください。
ばらのふたたび咲く日まで
おんみの詩人のぬれた髪に
おお愛よ、常緑樹の枝を
めぐらしてください。

おんみはおぼろの松明《たいまつ》をかざし
彼の足もとを照らして
夜　浅瀬をわたらせ、
荒れはてた野の

ぬかるみの道を照らし
朝は織りなす光で
彼の心に笑《え》みかけ、
烈風の嵐にのせて
彼を山頂に運びあげてくださる。
冬の流れは岩を嚙んでたぎり落ち
詩人の讃歌《うた》に調べを合わせ、
敬心篤い諸国の民が
諸霊を祀《まつ》って畏れた
雪白い山の頂きは、
あつい感謝を捧げる
詩人にとっての祭壇となる。

人にはそのふところを究め尽くせぬおんみ、
神秘に満ちてなおすべてを開き示し
讃嘆する世界を見下ろし
地上の華麗な国々を
雲間から俯瞰《ふかん》する。

かたわらの同胞《はらから》の山々の脈管をもって
おんみは地の国々をうるおしたもう。

（Harzreise im Winter 一七七七年十二月）

比較的に長いこの詩は、若いゲーテが書いたいくつもの頌歌《オード》（賛歌）群の、年代的にはほぼ締めくくりの詩である。

二十歳代前半の三年半余り、フランクフルトでいわゆる疾風怒濤の旗頭として華々しい活動をした頃、彼は短い抒情詩の数々のほかに「旅人の嵐の歌」、「プロメトイス（プロメテウス）」、「マホメットの歌」、「ガニュメート」、「御者クロノス」等の頌歌を創った。高揚した青春の気分を歌うのにふさわしい詩形で、今はすでにワイマルに移ってきて二年になるのに、フランクフルト時代の嵐と怒濤のような感情の高まりをいわば締めくくるように朗々と歌ったのが、この詩「ハールツ冬の旅」である。

頌歌は古代ギリシャの「オード」に由来する。神の恵みや人間の宿命、願望や高い理想を歌う高邁な詩のジャンルだった。ギリシャのままの複雑な詩形や韻律を用いることはできないけれども、近世近代のヨーロッパの詩人たちが古代ギリシャにオードの典型を仰いで、ヴィジョン壮大な世界詩や人生賛歌を歌った。ロンサールやのちのシェリー、キーツなどに名作が多い。若いゲーテもその仲間に入っていたと言っていい。

この詩「ハールツ冬の旅」では、誰しもの負う孤独な人生のなかで、救いようもなく孤立孤絶化してしまい、人間憎悪に陥り、我執にとらわれた者の痛ましさを描き出す。そのような人間をも愛の力によって慰め生き返らせ給えと神に祈る、高らかな神賛美のオードである。

心を病む青年プレッシングや狩に興ずるアウグスト公の姿もある。

胸を刺してくるのは鉄線のしがらみ、苛酷な運命の鋏といったイメージがブーヘンヴァルトの強制収容所を予見しているかのように見えるところだろう。ゲーテはそれを乗り越える芸術の力と神の愛をここで歌っているのだが——。

晩年のゲーテは一八二九年二月十日、エッカーマンに向かってこう述べたという、「詩的な才能が、ワイマル初期の十年間は政治の現実とコンフリクト（葛藤）を起こし、詩作において見るべきものを産まなかった」、だからついに「イタリアへと逃亡して、詩的創造力を再び得たのだった」と。たしかに小説やドラマのジャンルではゲーテ自身が言っているとおりかもしれない。しかし抒情詩のジャンルでは約一五〇篇もの珠玉のような作品を産んでいる。岩盤の重圧のもとで炭素がダイヤモンドへと結晶するように、現実世界との烈しい関係の重圧のもとで、抒情詩という形で彼の心は結晶したのであろう。エッカーマンに向かって言った「詩的」ポエーティッシュとは、「文学的」の意なのであった。今ここではやや長い頌歌を紹介したが、抒情詩、それも比較的短くて形の小さいものに真の宝石か星のような作品がある。「旅人の夜の歌」その二がそれだ。

三　キッケルハーンの山頂で──「旅人の夜の歌」その二

「旅人の夜の歌」

内閣に加えられたゲーテは全力で行政に当たった。それまでの鉱山委員会に加え、軍事委員会、道路建設委員会の長に任ぜられ、職務もあってしばしばイルメナウにも出かけた。

イルメナウの町からすぐ西南に、あたりではひときわ高いキッケルハーンという山がある。標高八六一メートル。全国土が南部を除いてほとんど平野のドイツとしては高いと言えよう。ドイツ唐檜《とうひ》がよく茂り密生している森を抜け、次第に木々がまばらになり、ドイツ唐檜に橅《ぶな》と七竈《ななかまど》が混じるようになってくる林のなかをほぼ真っ直ぐに登っていく山径は、勾配がかなり急で、とても気楽に登れる道ではない。

満三十一歳の誕生日を八月二十八日に迎えたばかりの一七八〇年九月六日、働き盛りのゲーテはイルメナウからキッケルハーンに登り、山頂からすぐ下の狩人小屋に一泊した。まず秋の夕景色を山頂から眺め渡し、小屋に戻って一休みしてから「即興の詩」を山小屋の板壁に鉛筆で書きつけた。翌日はいったんキッケルハーンから下山し、山旅を続けて別の高い山に登った。

その後、狩猟の人や山歩きの旅人がこの狩人用の山小屋でこの詩を読んだため人々に広く詩が知られるようになり、作者自身が一八一五年版の著作集のなかに入れた。四年半前、エッタースベルクの山辺でつくった八行詩「旅人の夜の歌」(本書ではその一とした)にすぐ続けて印刷し、「同題(同じく)」Ein Gleichesという標題を付けた。同じ八行詩だが、キッケルハーンで作られたこちらつまり本書でいう「その二」の方が有名で、むしろこちらが「旅人の夜の歌」として知られている。ゲーテの詩の邦訳のなかには両篇を並べては置かず、こちらのみを訳して題名を「同じく」とだけしている訳もあって、いったい何と同じくなのかと読者を困らせるものもある。むしろ「憩いの歌」とすればいいのに。

ゲーテ自身もまさか印刷の都合以外は「同じく」とこの詩を呼んだわけではない。「憩いの歌」と言っている。たとえば一八一四年四月二十二日、ベルリン音楽学校の校長でゲーテの音楽指南役だった友人カール・フリードリヒ・ツェルター(一七五八―一八三二年)が作曲をしてくれたことに礼状を記し、「憩いの歌 das Ruhelied はすばらしい」とほめている。

［文語調訳］

峯々に
憩いあり
梢を渡る
そよ風の
跡もさだかには見えず
小鳥は森に黙《もだ》しぬ

待て　しばし
汝《なれ》もまた　憩わん

［口語調の直訳］

すべての峯をおおって
憩いがある、
すべての梢の中に
お前は　そよ風のいぶきの
跡をほとんど見ない、
小鳥は森に沈黙している。
待つがよい　やがて
お前も　憩うのだ。

木組み二階建ての小屋に入り、狭い階段をのぼった階上の南側の板壁に、本書「まえがき」に原文を記したようにゲーテが鉛筆で書いたのがこの詩なのだが、残念なことにゲーテが他界して四十年近くたった一八七〇年に、山歩きの人の失火によって山小屋は焼失してしまい、そののち建物はもとどおりに建て直して保存されてはいるものの、板壁のもとの文字はもうない。
焼失の前年の一八六九年、この詩を写真に収めた人がいる。ドイツの写真の技術はすでに進んでいたが、現像があまり良くなくて、鮮明とは言いがたいものだった由。それに善意かもしれないが誰かが板壁の元の筆跡を別の鉛筆でなぞったりしたあとが、鮮明度をさらに悪くした由。しかし、写真が発明される前のゲーテ存命中に実物を目で見て文字記録に残した人がふたりはいて、それらの証拠を照らし合わせ、間違いなくゲーテの書いたとおりの言葉が今に伝えられている。ゲーテ自身がまず一八一五年版著作集の詩の巻に収めたものおよびその後の生前の著作集所載のものと等しい。後世の版のなかには文（詩）中の「汝・お前」をあらわす二人称代名詞のdu［ドゥー］を大文字で書き始めてDuと記す版もあるが、ゲーテの自ら自著に収めたのは小文字であった。二十一世紀の新しい表現法によるドイツ語ではそうではないが、二十世紀までは親しい呼びかけのduであっても書簡のなかではDuと記して敬意を表したものである。このduと呼びかけている相手はいったい何ものなのか。まずは詩を読もう。

峯々に
憩いあり
（すべての峯をおおって
憩いがある）

何と単純なはじまりだろう。「憩い」と抽象名詞を何気なく出してきて、動詞は「ある」（文語では「あり」）だけ。英語のis, there isに当たる完全自動詞ist一語。言葉を削りに削ったのか、いや、詩人の心が「ある」の一語に集中したとしか言いようがない。

山の麓や中腹のような低い位置からは「すべての峯」という表現は出てこない。あたりで最も高い山頂にいる発語である。

三六〇度見まわす限りの山々。それを見渡しているひとりの人がいて、その人が「お前」と呼びかけられている。夕べの安らぎがすべての山頂を蔽《おお》っている。目を下に向けると、眼下の樹海にそよ風の通っていく気配もほとんどない。小鳥は森で眠りに就いて静まり返った。待つがよい、お前もまたこの大自然と同じように憩うのだ、という詩である。不定詞all「すべての」を除いて形容詞というものはいっさいない。感情を表現する言葉はすっかり削《そ》ぎ落として、伝達に必要な最低限の名詞と動詞だけが洗われ残ったという感じだが、僅か八行で捉えた世界は深々と大きい。地殻を割って地表に出てくる原石の、ひとつひとつのかけらのようなものがずっしりと重く、内包する実質はたくさんの意味を持っている。

(1)　まず「旅人」とは何か。エッタースベルクの山辺の詩でも軽く触れたが、ここでもう一度改めて問い直そう。フランツ・シューベルトが作曲したこの詩をテキストにした歌は日本では普通は「さすらい人の夜の歌」という題名で知られている。さすらい人とは、定住するところも目当ての地もなく、さすらい漂泊する淋しい人だろう。人生と社会に疲れていずこからかさすらい、さまよう弱々しい人であるだろう。このイメージは正しくない。たしかにシューベルトの曲は夜を迎えた旅人の心を実によくうたっている静かな曲だが、漂泊とか敗北ではまったくない。静けさを、ひたすらそれだけをすき通るようにうたった絶妙な曲であって、その静けさは日本語の持つさすらいの寂寥感とは違う。なぜだろうか。ゲーテの言う「旅人」とはどのような人なのだろうか。第一この詩は山の自然だけをうたっているのか、人間も取り上げられているのだろうか。そう、この詩のなかにはひとりの人間が立っている。

私たち日本の詩、とくに俳句では通常は人間が顔を出さない。自然の一片一端を切り取ればそれで充分である。すべての山々と人との両方を持ち出す必要は毛頭ない。たとえば松尾芭蕉の「枯れ枝に烏のとまりけり秋の暮」は、秋の暮という部分だけでも、語られていない人間をよくあらわしている。もしもここで、「さて私は」とか「そこで人間は」などと言ってしまうと、詩や俳句はぶち壊しになってしまう。

ところでゲーテの詩には、ヨーロッパの詩にはごく自然のことのようにしっかりと人間が入っていて、言葉で表現されている。「お前は（視ない、感じ取らない）」と言い、「お前も（憩う）」としめくくっている「お前」は自然ではない、一個の人間である。そしてかたわらにはひとりの他人もいない。「お前」は旅人自身のこと。山旅をしてきて山頂にたたずみ、壮大な夕景を視ている旅人、人間である。それは杖をつき、息も絶えだえにこの地点まで辿りついた年老いて寂しいさすらい人だろうか。それとも元気に山を歩く若者か壮年なのだろうか。人間の描写はまったくないけれどもこんなに短い詩のなかにはっきりと人を見定める表現がふたつある。

そのひとつはWand(e)rer「ヴァンドラー、ワンドラー」、これだ。ワンダー・フォーゲルというドイツ語があるが、ワンダーするのはさすらいの旅人ではない。山靴を履いて一日とは言わず、二日でも三日でも山森のなかを歩く健康な人をさす。技術のかたまりである自動車に乗るのではない。バイクや自転車で走るのではない。ゲーテの時代なら馬や馬車に揺られて行くのでもなく、たくましく自分の足で山野を何日も歩く者、それをドイツ語では「旅人《ヴァンドラー》」という。むろんゲーテの場合、自分を旅人《ヴァンドラー》と呼ぶのは、遠い世界への憧憬や悲傷を秘めた旅の趣もあるだろう。不安が霧のように心を包むかもしれない。しかしだから現況に留まって悲嘆にくれるのではない。自然のなかに足を踏み入れ、持てる力の限り歩きぬいていく。世を拗《す》ね、ひがんで人間世界に背を向けるどころか、自然によって浄化され純化され、改めて力に溢れ、生産的社会生活に戻っていく、それがゲーテの旅人である。

人間が自然の前に純粋な人間、たったひとりの孤独な、孤独に耐える人生の旅人として立つことによって、自らのうちに湧き出てくる促しに静かに耳を傾けることができるような、そういった硬質な孤独のつよさである。一方、自然のなかに心が流れ出、自然を愛《いつく》しみ、自然と溶け合ってひとつになる日本的な心情も美しいが、他方でこのキッケルハーンの山の上の人間のように、自然を愛しつつ自然とひとつに溶け合うのでなく、自然と相向かい、両腕に自然を抱き込まんばかりの力に満ちた「自分」を確立していくゲーテは、ヨーロッパ的人間のひとつの典型と言えよう。

第二の「人間」規定。それは終わりの「待て」の一語にこめられている。ここには待つことのできない人間がいる。夕暮れの山々、樹海を見渡す岩角に立ち、「待つ」ことができないどころか、この山角から身を投げ山辺を駆けおりていこうとする、激情と行動への衝動に身を灼く人間が立っているではないか。「待てない」旅人＝自分に、「待て」と命じている。この「待て」が鍵だ。

(2) 旅人は自分なのだろうか。そうなのだ。「お前《ドゥー》」と呼びかけている相手は、旅の伴侶でも仲間でもない。どこか山の麓か、遥かかなたにいる恋人でもない。ただひとり山頂に立つ「自分」にドゥーと呼びかけているのだ。私たち日本人が独り言をいうときは、「わたし、馬鹿よね」と歌の文句にあるように、わたし、おれ、ぼく、と呼ぶ。ところが欧米語の世界では例外もあるが独り言をいうとき、自分のなかのもうひとりの自分にお前と語りかけるのが普通だ。「お前ってドジだな」と独り言をいう。かたわらに居合わせた日本人は、自分が罵られたと受けとってびっくりする。そのお前は、他人ではない。もうひとりの自分自身への呼びかけ、語りかけ、自己内対話の一例なのである。山頂に「私」が立って山々を見ている。

こうして「旅人の夜の歌」は、自然と一個の人間が相対し、対立し合いながら、大きな世界をつくっている。

山頂からの自然描写は続く。山から下の森の木々とそよ風に移る。

　梢を渡る
そよ風の

跡もさだかには見えず
（すべての梢の中に
お前は　そよ風のいぶきの
跡をほとんど見ない）

風を見る、見えない。いかにも眼の人ゲーテらしい。風の音を聴くのではなく、視力で風を感じとるというのだから面白い。それも木々の梢が揺れているというのではなく、木々の梢の海を風（空気）の塊が渡っていくのが、ほとんど見えないという。

ここでもう一度標題に戻ろう。

(3)　**夜の歌**とある夜はさてどういうことだろう。

始まりの第一行目に「すべての峯をおおって」とある以上、山々峯々が三六〇度ぜんぶ見えている。真昼の光が降り注ぐ大空ではなくて、雲はなくても夕方らしい気配が周囲の山々の上にある。それははっきりと見える。そのあと、谷間《たにあい》の樹海か山の斜面の森だろうか上から見おろすと、そよ風が渡れば、麦畑を小動物が走っていくのを高みから見ているように、風の跡が目に見えるはずだ。ところが木々のそよぎはほんの僅かしか見えない。跡を見る、見ないという語、シュピユーレストとは、スキーの雪上に残すシュプールのような線の跡を見るの意である。ということは、まだそういった風の跡が僅かでも肉眼に見えるわけで、ここでもまだ時は夕方ではあっても夜ではない。夜になりきってはいない。そうではないだろうのになぜ夜の歌と言うのだろう。不思議ではないか。もっともゲーテには夕暮れのことを「夜」と表現した若いときの、あまり印象的ではない短詩がほかにあるので、とりたてて問題にしなくてもいいかもしれない。しかし私は時間の経過という観点からして、あえてなぜ夜か、と問いたい。旅人の視線ははじめは遥かな周囲の山々峯々に向けられている。視線が向かうのでなく、山々のたたずまいが見えてくるのだ。ところが次に視線はふと足下に向かう。谷間の樹海であるか、足下の山の斜面であるか、目は自ら見る。視線が下を向き、感覚が外へ、下へと出ていく。水平への視線が下へさがった。この間にはいくらかの時間の経過がある。

小鳥は森に黙《もだ》しぬ
（小鳥たちは森の中で沈黙している）

ふと気がつくと、さっきまで賑やかに囀っていた小鳥の群がしんと静まり返り沈黙している。一刻《いっとき》ひときわ騒ぎ立てた小鳥は眠りに就いた。そうなのかと気がつくまでには、再びしばらくの時が経っている。深い夜の闇がおりるまで小鳥は囀りを止めない。そして小鳥が眠り、あたりはついに夜になった。

ふと我に返る。しんと静まったことに気づいた人間は意識が自分に返る。僅か六行のあいだに時間が経過して夜になった。はじめから夜だったわけではない。夕べから夜になったのであって、夕べの歌ではない。以上六行の巧まぬ緊張感と内包する時間と空間の世界の大きさは、おどろくべきものがある。

日本の俳句や短編小説は、ある一瞬、一局面の転瞬を切り取るものであって、その切り口が美しい。ところがゲーテのこの詩は一瞬ではなくて、時間の経過をあらわす。立ち留まる瞬間ではなく、大きく流れていく時の経過であり、「瞬間よ　留まれ。お前は余りに美しい」と言ったファウストとは正反対と言えよう。もう一度確認すると、遠くを見ていた視覚は中から外へ流れ出ていく。感覚はそのまま自分に近い足下におりてくる。と、感覚は視覚から聴覚に変わり、感覚の輪は縮まってその方向は外から内へ向かう。だからふと我に返るという現象がここに起こる。そこで改めて安らかでない「お前」であるところの自分自身に呼びかける運びとなる。

(4)　**終句。**

待て　しばし
汝《なれ》もまた　憩わん
(待つがよい　やがて
お前も憩うのだ)

なんとすばらしい終わりの二行だろう。この詩、ゲーテの世界でしか出会うことのない言葉である。心にしみる絶句と言いたい。

「待て」と鋭く重い語が出てきたから、強烈な断言的命令と思うと、途端にそうではない、「待て」ヴァルテのあとに小さな、しかし中身の詰まった副詞「……するがいい」のヌーアが続く。英語で言えばonlyに当たる「ただ、単に」という副詞だけれども、命令し促す言葉に添えると英語のオンリーとはすっかり違って、「まあ、……するがいい」と、大人っぽい意味を加え、命令全体をやわらかくし、緊張をときほごす。相手を引きとめ、なだめる。「待て　待て　慌てるな」と性急になるのを押しとどめて悠然と相手を包みこみ、安心させ、それでいて逃すことはない。だから「しばらくすれば」と言えるのだ。

大きな安らぎが大自然のなかにある。自然は安らぎ、憩い、平安、平和を得た。しかし自然に相対する人間に憩いはない。安らぎのないなかで、山頂の岩角から今にも一気に駆け出したい激情にかられる人間を抑えこんで「お前も憩うのだ」、つまり夜が来たという意味と同時に、やがてお前も大自然のなかへ還っていくという意味も含んでいる。

「(お前)もまた」という結びの一語が、安らかな大自然と、それに対して安らかでない、

キッケルハーン山頂の狩人小屋

駆け出していきたい、待つことのできぬ激情に身を灼く人間とを対立させながら両者を包みこむ宇宙を示している。「お前も　憩う」安らぎ、憩いとは、夕べの静けさであり、人格の落ち着き、ついには永遠の憩いを含むだろう。

なめらかな言葉づかいの、たった八行のこの詩はなんと大きな世界を内包し、身も心も解き放ってくれるではないか。草の葉の小さな露が全世界を映すように。詩人の手が掬《すく》うと、水は水晶となるのだ。ゲーテは二、三日前から心のなかでこの詩を作っていたのではないか、という考え方もありうる。熟練の人ほどよく推敲するものだ。いや、おそらく草の葉先から丸い露がこぼれ落ちるように、即興風に生まれたと考えるほうがいいだろう。

四　山からの手紙

ここまで見てきた詩「旅人の夜の歌」その二、ゲーテ自身の言葉を借りると「憩いの歌」がいつどこで、どのように作詩されたかはかなり正確にわかってきた。狩人小屋の板壁に詩人自身が鉛筆で書いた詩の下に、日付が記されていた。ゲーテ自身もそれを覚えていたし、そのうえ山の上でシュタイン夫人に宛てて書いた手紙がその傍証ともなっている。そのことを以下に述べよう。

一七八〇年九月。ゲーテは数日前の八月二十八日に満三十一歳となり、ワイマルに到着して五年になる。行政官として働き盛りで、日々多忙を極める。市内の近くに住んでおり何かといえばよく会っていながら、シャルロッテ・フォン・シュタイン夫人へは非常にしばしばまるで呼吸をするかのように手紙を書き送る。七歳年上の夫人とのあいだは恋人とも言え、姉弟のようでもあり、言葉だけは奔放で情熱の噴き上がるような書簡や短いメモや短詩を送り届けるのだが、冷静な夫人のおかげで終始プラトニックな間柄。彼は安心して何でも言い、書けるようである。最後の一線については意外に抑制している。一、二度直接に接近しようと「迫った」らしいが、冷静にはじき返され、たしなめられたらしい。また、この頃彼のもとに結婚の話も一、二持ち込まれたが、いずれもにべもなく断っている。

この年の九月前半から彼はカール・アウグスト公に同行して、ワイマルの南テューリンゲンの森と総称される山森地帯の領内視察に出かけることになった。約一か月という長期間の予定である。ゲーテだけ三日ほど前に出発し、幾か所か鉱山業の実情、開発可能性を大まかにでも探ることになった。九月五日出発の予定を立てる。

九月三日、日曜日。カール・アウグストの誕生日。南の離宮ベルヴェデールで祝賀の晩餐会にゲーテも出席。会後ワイマル市内への帰り途、馬車の中でシュタイン夫人と何か気まずい会話が交わされたらしい。

九月四日、月曜日。シュタイン夫人への手紙、「昨夜は一睡もしませんでした。私たちは意見の一致は見られたのです。私の心は晴れようとしません」。

九月五日。火曜日、早朝。イルメナウに向けてワイマルを発つに当たりシュタイン夫人宛に一筆、「もう一度アデュー、行ってきます。最もよきお方よ」。

同日昼、第二信を同夫人に送る。ワイマルの南ディーンシュテット村から。「……エビとチーズで昼食をとり、橋のスケッチをしましたが、はかがいこうとはしません」。夕方、シュタットイルムを経てイルメナウに到着し、市内に一泊する。翌朝朝早く登山を開始する。従僕一名同行。

九月六日、水曜日。夕方、山小屋でシュタイン夫人に書く。

「このあたりでいちばん高いギッケルハーンの山の上に泊まることにしました。小さな町の喧騒と愁訴、度《ど》しがたい連中の欲望、人々のいさかいを避けるためです〔生地フランクフルト付近のヘッセン方言ではキをギと発音し、キッケルハーンをギッケルハーンと言う〕。

……実に晴朗な大空です、日没をたのしく見に行きます。眺望は壮大ですが、単純です。

……太陽が沈みました。かつて〔四年前の一七七六年七月二十二日〕立ち昇る霧の絵を描いてさし上げたあのところです。一帯はとても清らかで安らかです。それでまるで大きな美しき魂がきわめておだやかにゆったりしているときでもあるかのように、胸が躍らないのです。

——もしもまだ炭焼きの煙があちこちでひとつふたつ立ち昇っていなければ、全景観にものの動く気配はありません」。

——「夜、八時過ぎ。——少し眠って、手数〔「手持ち弁当」のゲーテによる誤記であろう〕を待っておりました。……ワイマルからワイン。それなのにあなたからのお手紙はない。ところがあの「美しい女性」からの一通がある。

……あなたが妬《や》いてくだされぱいいなと思います」。

「小さな町」を抜け出して山に登り、山頂に泊まるのは、イルメナウの町に着いたとたんに首都ワイマルのトップ行政者のひとりであるゲーテのもとに、いろいろな苦情や陳情が寄せられて閉口し、言ってみれば逃げ出したのだろう。飛び領地のイルメナウは税制がワイマルより重税になっている財政の苦しい町で、かつて鉱山で栄えた豊かな町だっただけに名残の誇りがかえって人々を苛立たせていたらしい。ゲーテは小国とはいえすでに五年も行政のトップの重要な一角に立っていて、重い仕事の責任をいくつも果たしてきた。しかし、ときには人間関係から逃げ出したくなるのだった。

さて、ところで。九月六日にシュタイン夫人に宛てて記したこの手紙はどうやら一気に書いたものではないようだ。二行ほど書いては間をあけ、小屋を出て数分歩いて頂上まで行き、日没を眺め、しばらくして小屋に戻って加筆。しばらく午睡ならぬ仮眠をとった。そのあいだに、階下にいる従僕が山の麓から届けられた大きな籠とワインを受け取り用意しておいたので、目がさめて、八時過ぎに遅い夕食をとる。シュタイン夫人からの心づくしかと思えばさにあらずで、あの「美しい女性」からの贈物ではないか。その人はワイマルでこのように手配し、ゲーテの好きな赤ワインも添えてある。その人からの手紙が一通籠の上に添えてある。

このような心づくしをするあの「美しい女性」とはいったい誰だろう。シュタイン夫人も承知の人に違いない。宅配便などなかった時代。山の中腹までは馬車ものぼってくるが（現代なら四輪駆動車）、最後の登り径は荷を担いで人が歩いて登ってこなくてはならない。

燭火《しょっか》の明かりで豊かな食事を終え、満ち足りた思いのゲーテは、小屋の二階の板壁に「憩いの歌」を鉛筆の先を真っ直ぐ立て、刻みつけて書いた（食事の直前だったという可能性もありうる）。

シュタイン夫人への手紙にあるように「大きな美しき魂」がゆったり休んでいる姿は今のゲー

テには面白くない。胸躍る思いではない。インタレスティングではない、という。美しき魂に対して失礼ではないか。「美しき魂」はゲーテの大変に好きな女性像であるはずなのに。

彼は十代の終わり頃ライプツィヒ大学に在学中、胸を患ったのだろう、喀血してフランクフルトの生家に戻って自宅療養をした。その時に見舞ってくれ、心から励ましてくれたフォン・クレッテンベルク嬢という宗教的に敬虔な女性から深い感銘を受け、その面影を「美しき魂」という言葉で胸に刻み、後の長編小説『ウィルヘルム・マイスターの修業時代』にこの題名で長い一章を設けて長く記念した。それ以来、この言葉を女性賛美の最上の表現としていたのに、今、山の上で静かな動きのない景色を「大きな美しき魂」が動かぬときのようで興味をひかぬ、面白くない、などと言うのはそもそもなぜなのだろうか。動く女性、活きいきしている美しい人、ワイマルから離れている山の上まで、不便を承知のうえ、しかもかなりの出費になるだろうのに食事とワインに手紙まで添えて贈ってくれる心憎い美女。ほんの二日間だけ、それもわざわざゲーテに会いに遠くスイスから訪ねてきてこの日九月六日にはもうとうにワイマルを発ってしまっている人、当時のドイツで絶世の美女と言われていたブランコーニという女性である。恋多きゲーテの心は、その人を想うと躍った。

大空は晴朗、夕景は真に静寂、日没は壮大。自然の静けさは永遠の憩いに通ずる。しかし彼の心は、あの人を想い、また勤めや仕事、おのが三十年の生涯を振り返っておだやかではいられない。駆け出していきたい。一気に駆けておりていきたい。だから深く息をして、「待て　しばし」と自分をなだめ戒しめざるをえないのだった。ブランコーニ夫人はたった二日ワイマルにいただけで、もう遠く旅立ってしまっている。その人と結ばれることなどは思いもよらない。でも、大いなる「美しき魂」がゆったり静かに座して動かぬ姿より、魅力あふれる美女の機敏な立ち居振舞い、その声、その日の光、その姿。静と動とのどちらをと問われれば、どちらとも言えぬ。瞼に浮かぶのは危うくするりと身を躍らせてワイマルから立ち去っていった人の動きこそその眼前の大自然に匹敵する存在だった。そういうわけで、「美しき魂」が動かないときは面白くない、などと、突拍子もないことを書いたのだろう。それも年上の女性シュタイン夫人に宛てて。シュタイン夫人は、いい面《つら》の皮だったと言ってもよさそうだ。

マリーア・アントーニア・フォン・ブランコーニ侯爵夫人（一七四六―九三年）は、独・伊混血の生まれ。ナポリのブランコーニ侯夫人となるが早く夫を失い、その後ブラウンシュヴァイクの王子のちの領主の思われ人となるが、約十年で別れたあと、ブラウンシュヴァイクから贈られた富裕な財力のおかげでスイスに住み、悠々と各地を旅していた。ゲーテは一七七九年秋、二度目のスイス旅行をした折にカール・アウグストとともに夫人をはじめて訪ね、彼女の美しさに心底驚き、すぐシュタイン夫人宛に報告している。

「夫人のそばで私は幾度となく心の内で自問しました、この方がどうしてかくも美しいのか、これはいったい本当だろうか。活きいきした精神、ひとつの生命！　好ましい心の寛さ！　我を忘れます」。

恋多きゲーテにも、これほどの女性賛美の言葉はまれである。そして一年経ったこの年一七八〇年八月、ブランコーニ夫人はゲーテに再会しようとワイマルまで旅してきたのだ。たった二日間だけの滞在のために。たのしみにしていたふたりきりのティーの時刻に突然カール・アウグストがやってきたので、いささか物事が混乱してしまった(残念だ)と、ゲーテはこれまたシュタイン夫人宛に書いている。

運命がゲーテとブランコーニ夫人を「ふたりだけ」にはしてくれなかったとも考えられるが、その頃、三十歳前後のゲーテは女性に対しては非常に用心深く、引っこみがちだった。シュタイン夫人に対してだけは思い切った手紙やメモを書くことができた。なぜか安心して賛美ができた。言うまでもなく何をしても安全な、埒《らち》を越える心配が相手にも自分にもないし、そんなシュタイン夫人には、時としては走り書き、なぐり書きに近くて誤字も散見する手紙を出している。ところが、ブランコーニ夫人がフランクフルトに向けてワイマルを発った翌日、ゲーテは彼女のあとを追うように誕生日の八月二十八日にワイマルから実に長い、丁重な、しかし軽妙な筆さばきがどこか女性を誘いこむような書簡をフランクフルト宛に送っている。彼女からの返書は残っていないが、十月になってゲーテは改めてブランコーニ夫人に、九月六日にキッケルハーン山頂で受けた思いがけぬ贈物への感謝の思いを書き送っているから、ふたりのあいだにはその後も文通があったことがわかる。十月のゲーテの手紙。

「もう暗くなっていました。満月が昇ってきたそのとき、食事を入れた籠が下の町から届けられてきて、……あなたのお手紙がいちばん上にのせられていたのでした」と。

何事もなく、短い再会を果たして別れたと見えるふたりは、その後の互いの旅の日程を詳しく知り合っていたわけだから、まことに端倪《たんげい》すべからざる三十代、と言えようか。しかしふたりのあいだは、これをもって終わった。

さて続いて九月七日、木曜日。シュタイン夫人宛。

「朝日が昇り、天気は晴朗、澄み切っています。

……………

高い峯々を踏破。シュネーコップ山頂〔九七八メートル〕での眺めが実にすばらしい。いくつか〔め〕〔坑道〕のところで〕地面の下にもぐりこみました。誰かがやってきて、次の一歩をさぐり当ててくれるといいが、と切に思います。きっと事柄がよくわかる人がいてくれるでしょう。その人のための前働きをしておこうと思うのです。とても美しい、いくつもの岩塊を見つけました。それが魂をひろくしてくれ、学的真理を拡大してくれます。なんとかして近いうちにここ此の地で雇用を創出し、気の毒な人々にパンを与えられたらいいなあ、と願うのです」。

ゲーテは遊びで山歩きをしていたのではなかったのだ。

同日夕刻、第二信。

「イルメナウです。夕方。私の山歩きは無事に終わりました」。

九月八日、金曜日。シュタイン夫人宛。

「十時間も熟睡し、気分爽快に目覚めました。ああ、私の仕事もいつも軽快に進んでくれるといいのですが。人々は不平憤懣《ふんまん》やるかたなし。私もいろいろなことを語り合い調べました。気分転換浄化のため、〔ギリシャ語で〕ピタゴラス派の『黄金の諺』を読みました。あなたにも口頭かペンでいくつかをお伝えしましょう……」。

同日、第二信。「公爵ご到着〔シュタイン夫人の夫君、シュタイン主馬頭と〕。ただし三時まで我々を相手におさせになった……」。

イルメナウのあとも各地でゲーテは単なる好奇心ではなく国益のため社会のために鉱山開発または再開の可能性を調べ、古い旧坑道にもぐりこみ、また鉱石や岩石の収集をしている。ワイマルのフラウエンプラーン広場前のゲーテの家（現在は記念館）の一室には彼の集めた岩石見本が非常にたくさんある。ひとつひとつが人の拳大のものが多い。鉱物標本というと、私の小・中学校時代のそれは切手一枚程度の小さな石の一片を箱の中に並べたものだったのを思い出す。ゲーテは老いても、死の直前まで野外の散歩にもハンマーをステッキ代りに持ち歩き、岩や石を見つけるとコンコーンと叩いて割りとったかけらをじっと観察し、地質や地理について思いをめぐらすのだった。

九月二十日、水曜日、テューリンゲンの森の西部を流れるヴェラ川のほとり、オストハイム村で。若き日の友人でスイスの神学者ラーヴァーター（一七四一―一八〇一年）が、ブランコーニ夫人との再会について尋ねてきた手紙に返書を書く。

「かの美しき人についての貴兄のご質問に答えることはできない。ぼくはあの人に対して、まるで女領主か聖女に向かうように振舞った。そしてそれがたとえ愚かな心積りだとしても、このような人の姿に対して愚劣なかりそめの欲情を抱いて汚すようなことはしたくないのだ。そしてあの人がぼくの魂を四肢からしぼり取るような、たいへんな結びつきにはならぬよう神が御守りくださらんことを。

ぼくに課せられている日々の仕事は、日々そのときによって軽くも重くもなるが、目覚めていても夢見ていても神経を張りつめていなくてはならず、この義務はぼくには日ごとに貴重なものとなる。この点、ぼくは最も偉大な人々と同じように行動したい。だが、何につけより偉大に、ということではない。

我が存在のピラミッドを、その基礎は与えられしっかり備えられているから、可能な限り空高く挙げ(聳えさせ)たいという願望は、すべてを超え、ひとときも忘却に陥ることはない。ぼくは怠けていてはならない。もういい年をしている。ひょっとしたら運命がぼくを中途で挫折させるかもしれぬ。するとバベルの塔はあわれ未完成のままに終わる。少なくとも計画の志だけは高かったということになろうが、どうかやりぬく力を与えられたいと祈願するものだ。

それにまた、あのシュタイン女史の美しい愛情の護符がぼくの人生に味わいを与えてくれる。彼女は次第にぼくの母、姉、そして恋人の役を受けつぐようになった。大自然の結びつきのような、ひとつの絆《きずな》が編み出されてきている」。

ブランコーニ夫人との関わりはさらりと逃げて、シュタイン女史のことをここまで言っているのは、本音なのか、韜晦《とうかい》、目くらましなのか。私は半々だろうと思う。「我が存在のピラミッド」の表現はしかしゲーテの本心からの自負である。「存在のピラミッドを可能な限り高く聳えさせたい」というこの語は、一個の人間として当然の願望だろう。人は誰でも自分が可愛いエゴイストである。ゲーテがブランコーニ夫人には女領主か聖女に対するよう振舞ったというのは、彼の内面がどれほど激しく熱く彼女にひきつけられたかの裏返しの表現だろう。あえてこの類いまれな美しい人の人間像を、たまさかの欲念で汚してはならぬと思ったのは、真に相手の存在への畏敬からだったか。それともひょっとすると、自分自身というピラミッドに汚点をつけまいとするエゴイズムだったのではあるまいか。それほどにブランコーニ夫人とは彼にとって危険な存在だったのだ。

　内面に何があったとしても、おしゃべりのラーヴァーターごときに本音を告げることはするはずがない。むろん日常生活から離れ、政務会議に出席する必要もない山旅の日々、ふと本音を洩らすのはゲーテでなくてもおおいにありうる。しかしたった二日のブランコーニ夫人来訪の報告をするりと逃げて、シュタイン女史に話を持っていったのはやはり半ば本音、半ばは目くらましであろう。

　それにしてもおのが「存在のピラミッドを

シュタイン夫人，自画像模写

可能な限り空高く挙げたい」とは、政治家としてか、作家、詩人としての存在形式のことだろうか。おそらくそれらすべての可能性をまとめての自己実現を志しているのであろう。自分らしい自分になることだろう。

«... die Pyramide meines Daseins so hoch als möglich in die Lufft《ママ》 zu spizzen《ママ》...»

「我が存在のピラミッドを可能な限り空高く挙げ（聳えさせ）たい」。

ゲーテはおそらく、本当は猛烈にこのブランコーニ夫人が欲しかったのだろう。しかし彼にとっては、一夜の歓楽よりも自己の存在のピラミッド確立の方が大事だったに違いない。驚くべき、強烈なエゴイズムである。彼は自分こそが何よりも大切だった。死の瞬間にもおのれの名をいつくしみ、宇宙に刻もうとしたように（二〇九頁参照）。

五　人間存在をうたう

「旅人の夜の歌」その二(憩いの歌)をキッケルハーン山頂の狩人小屋の板壁に書き記した一七八〇年、ゲーテ三十一歳の働き盛りの頃。ゲーテがギリシャ文学をよく読み込んでいたことはよく知られているが、もうひとつ彼がたえず、繰り返し読んでいたのは旧約聖書の「ヨブ記」だった。「ヨブ記」は、人間が何の理由もなくして悲惨きわまりない苦難にあうのは何故なのかを問題とする、普遍的な苦悩の書である。ゲーテは『ファウスト』全巻の冒頭に「ヨブ記」に依って舞台ごしらえをした「天上の序曲」を置いて、人間に与えられる苦難と、執行者サタン(ゲーテの作品ではメフィストーフェレス)、そしてサタンの行為を悠然と許可する天上の神とを登場させる、あの有名な「ヨブ記」の始まりの部分にならったものだった。ゲーテはしかしそれだけに留まらず、「ヨブ記」を深く読み込んで、人間の力の限界と不条理な苦難について、行政者としての我が身にも引きよせ引きつけて読んだ。そのようななかから、作詩時期はキッケルハーン山頂の歌の半年あとだったとも、いや、まさに同時期に作詩されたとも言われるのが、ここにあえて訳出する賛歌「人間の限界」である。賛歌といっても、人間性や神の力が賛美されているわけではない。フリーなリズムで長歌のようにうたわれている、むしろ人間性への悲しみと反省の歌である。

ここで人間の営為や努力や行動性が否定されているわけではない。人間がたえず生産的に行動すべきことは当然自明のことなのだ。しかしそれは、人間の能力が万物の主のごとくに万能だということではなく、むしろ鉄のような限界性のなかに置かれていることを承知のうえで、それでもなお努力してやまぬあり方を「人間性」のあるべき姿と自戒している。その意味でこの詩「人間の限界」とそれに続く「神性」は、「憩いの歌」の安らぎを強く支える深い基礎と言えよう。

人間の限界

あの劫初《ごうしょ》からの
聖なる父が
おだやかに手をあげ
雲巻く空から
めぐみの雷を
地に播《ま》かれるときに、
わたしは口づけをする
父の衣《ころも》のそのすそに。
幼な心の畏れを
胸いっぱいにして。

人間はだれも
神々と身を
くらべるべきではないからだ。
高く身をあげ
額を星に
ふれたとしても
よろめく足を
支えるものはなく、
雲、風に
もてあそばれる。

筋骨いからせ
ゆるぎない
不動の地上に
立つときも、
槲《かしわ》の木
葡萄の樹にさえ
くらべもつかぬ

その身丈《みたけ》。

神々と人間の
ちがいはそも何。
神々の眼前にはさかまく
波浪も
永遠の流れ。
わたしたちはその波に
押しやられ波に呑まれ、
沈んでゆく身。

小さな輪がひとつずつ
わたしたちの生命を区切っている。
そして幾世代もが
続きに続いて
人間存在の
限りない環鎖《くさり》をつくる。

(Grenzen der Menschheit)

神性

人間は気高くあれ、
人を助けて善良であれ。
このことだけが
わたしたちの識《し》る
すべての存在から
人間を区別するのだ。

未知ではあるが
わたしたちの予感する
より高い存在に幸あれ。
その存在に人間よ似よ。
わたしたちの行うところが
あの実在の証《あか》しとなるように。

自然は

非情だからだ。
太陽は
善悪すべてを照らし、
罪ある人にも　正しい人にも
月と星とは
輝き光る。

風も流れも
雷電、雹雨も
天をつんざき
疾過し
人を問わず
襲いかかる。

運命もまた同じく
人を選ばず、
無垢の捲《ま》き毛の
童子をとらえ、

罪を重ねた老人の
禿頭を襲う。

永遠の、厳正な
大いなる法則にしたがって
わたしたちはみな
おのが存在の輪を
完うしなくてはならぬ。

ただ人間だけが
不可能をなしうる、
人間は区別し、
選び、裁断する。
人間は刹那の瞬間に
持続を与えることができる。

人間だけが
善人に報い、

悪しきを懲《こ》らし、
病を癒し、救い、
迷いさまようすべてのものを
結び合わせて用いられるのだ。

そしてわたしたちは
不滅の存在をあがめる、
生きた人間であるかのように。
最善の人が　小さな形で
行い、望むところを
大きな形でしてくださるのだというように。

気高い人間よ
人を助け、善良であれ。
うまず創《つく》れ、
役立つものを、正しいことを。
ほのかに感ずるあの存在の
証しのすがたたれ。

（Das Göttliche）

人間が人間らしくあるべきことをこの詩は求めうたう。発表したのは一七八三年、ティーフルトの館でのアンナ・アマーリア主催の集まりが自由に自分たちで編集し、印刷ではなくて写字による一種の同人雑誌『ジャーナル』に載せたもの。作詩はおそらくそれより前、「憩いの歌」、「人間の限界」とほぼ同じ頃のものだったろうと考えられる。一見、格言風であるが、自然と人間を明確に区別し、人間の能力の限りの努力を訴えている。いったい誰を相手に訴えているのだろうか。鉱夫、農民、兵士たちだろうか。むろんそう考えるのも無意味、不可能ではない。だがしかし、一義的には君公カール・アウグストにこそ、このこころを訴えたかったのではないか、と私は思う。そしてまた、行政者としての自戒でもあったろう。

アンナ・アマーリアとゲーテの影絵

単なる自然詩人や恋愛歌人ではなく、おのが存在のピラミッドを可能な限り高く聳えさせようと努力する人間、行政の苦渋に満ちた責任を負う自分に対する「人間性」要請の祈りだったのであろう。

人間がどうしても高貴高潔であることはできず、人を助けることも本質的にはできず、善であることは実は不可能だと思わずにはいられないから、あえてこの詩のように訴えたのだ、とも考えられる。

この二番目の賛歌「神性」の第一節六行は、のちにブーヘンヴァルト強制収容所に捕われていた多くの人によって想起され、そっと口ずさまれ、彼らを励ましたものである。この詩の言葉が直ちには襲いかかる凶悪な軍事暴力に拮抗し、対抗し、圧倒するようなものではなかったとしても。

荒涼と広がる死の丘の斜面で、慰めも希望もなく、身心ともに虐待されて衰え果てていく多くの人が、この句を口ずさんだ。人の生命は亡び去って無に帰し自然だけが残る世界に、詩の一行はなお生き残っていくのだろうか。

六　英訳、仏訳

ゲーテが「憩いの歌」と自ら呼んだ「旅人の夜の歌」その二はしばしば英語に訳されており、現在も著名なペンギン・ブックスのクラシック叢書にゲーテ詩選の一篇として出版され広く読まれている。それ以外にもアメリカの詩人ロングフェローの訳あり、イギリスではM・アーノルドの親友だった詩人A・H・クラフなどの訳が出ている。それらはほとんど忠実な逐語訳で、できるだけ原文にある単語をそのまま英語にしている。それでも、おや、と思うことがある。一例にクラフの訳を忠実な訳であるなと感心して読んでいると、最終句にいたって突如、

Wait, and thou too, ere long,
Shall be quiet in death.
待て、そうすればお前も、やがて
死んで(死において)静かになるだろう。

となっているのには驚かされる。たしかに「憩い」には永遠の憩いの意味も含まれうるだろう。ゲーテ自身も八十二歳になる誕生日の前日にキッケルハーンの狩人小屋で自分の詩をもう一度読

んで「そうだ、本当にそうだ」と言ったというのだから、この語に死を感じたにちがいない。しかし三十一歳のときには、そこまでは深く考えずに詩に作ったのであろう。現代の英訳としては先に挙げたペンギン版(二〇〇五年)、デイヴィッド・ルーク(David Luke)訳が明快だ。

Wandrer's Night Song

Now stillness covers
All the hill-tops;
In all the tree-tops
Hardly a breath stirs.
The birds in the forest
Have finished their song.
Wait: you too shall rest
Before long.

この訳なら旅人はまだ死なない。この訳をペンギン・ブックスで読み、韻律も原語に近いし、私はほっとした。というのは、この訳が出る前、英訳として広く世に知られていたのはルイス・キャンベル(Lewis Campbell)のもので、英文学者齋藤勇博士が複数の著書で紹介しておられたので忘れがたい。スコットランドのセント・アンドリューズ大学ギリシャ文学教授であった彼は、ハイネの詩の訳なども出していて、ドイツ詩の優れた訳者だった。その訳はこうだ。

Calm is o'er every hill:
The trees are still.
Hardly a breath
Find'st thou above, beneath,
In *oak* or *pine*.
Thrushes are silent in the woodland nest,
Soon, too, shall rest
Be thine.

（Campbell: *Memorials*, 26）

文中とくにここでイタリックにした言葉が面白い。原文が「すべての梢に」とあるのに「槲《かしわ》にも松にも」と訳出され、さらに「小鳥たち」は「つぐみ」と明示されている。oak or pine のなかの or は「……か、どちらか」ではなく「……も、あるいはまた……も」の意味と齋藤勇博士は取る。博士はこのイタリックにした個所について、「その理由は簡単であろう、すなわちドイツ人が抽象的観念的に樹木とか鳥とか言って喜ぶのに反して、イギリス人は具体的に特殊の木や鳥の名を挙げて、そのvividな形象を思い浮かべなければ、気がすまず、従って文学にもそういう特殊化が普通なので、「すべての梢に」とは言わずに「槲にも松にも」と訳し、また一般的に「小鳥」とは訳さず、わざと「つぐみ」としたのであろう」という(『齋藤勇著作集』第一巻、研究社出版、一九七五年、三八八頁)。この例だけでなく、他の例も挙げてイギリス人の性格を詳述している。

ただ残念なことにキッケルハーン山頂近くに松の木はなく、またオーク(槲)もワイマルの北のエッタースベルクには多いのに、不思議にも南のキッケルハーン山頂付近には、少なくとも私が歩いてみた限りでは生えていない。あるのはドイツ唐檜と樅と七竈ばかりで、つぐみの声も聞こえなかった。訳者キャンベルは実際に現地を見たことはなく、イギリス人的感覚でこうにちがいないと考えて訳したのだろう。

この訳がかなり長いことイギリスの小学校のEnglishの教科書にOur great poetsのひとりの作として載っていた、と別の人から聞いたことがある。「我々の」とは、「我がヨーロッパの」の意である、という。詩人としてのシェイクスピアと並んでいる、というのである。真偽のほどは未だに私には調べられなかった。それにしてもキャンベル訳で、詩の言葉の強弱のリズムは原文と異なるが、英語なりに各行の終わりの韻を踏んでいる点が、ヨーロッパ語の利点だなと感心させられる。英語とドイツ語がともにゲルマン語系の姉妹語である強みかもしれない。

フランス語訳はどうだろうか。パリのガリマールから出ている詩人選書のなかの「ゲーテ」(一九九三年）、ジャン・タルデュー（Jean Tardieu）訳を見てみよう。

CHANT NOCTURNE
DU VOYAGEUR

Sur toutes les cimes
La paix.
Au faîte des arbres
Tu saisiras
Un souffle à peine.
Au bois se taisent les oiseaux
Attends! Bientôt
Toi-même aussi
Reposeras.

旅人の夜の歌

すべての山頂の上に

安らぎ。
木々の　梢に
お前は　ほのかに感じ取る
微風のあとを。
森に　鳥は静まっている。
待て！　やがて
お前も　また
憩うだろう。

出だしのドイツ語では「ユーバー　アレン」が「スュール　トゥート」というフランス語になると、ともかく音がなめらかだ。

これはみごとな訳だと思う。原語の一語一語が正確にフランス語に移され、事柄の内容、全体のイメージも正しく伝わってくる。それにしてもフランス語にすると何となめらかで軽やかな響きになることだろう。子音がどれも母音とやわらかくさわやかに結びついて明るい。ドイツ語の原語もけっして重厚きわまりないというのではないけれども、ギップフェルン、ヴィップフェルン、シュヴァイゲンなど、子音の重なりが多く、率直に言って重い。それだけ子音群が母音を持ちあげて高みに挙げてきわだたせているのだが。

正確な訳だと申したのは、まず、「お前は」の原語 du を二度ともそのまま訳して tu としている。省いていない。もちろんドイツ語の du という重い音がフランス語のテュまたはチュとなれば、響きはまったく違って軽やかになる。

二行目では存在をあらわす動詞をあえて省いてしまっている。英語の be 動詞に当たる語を省くことの多い、古いラテン語の簡潔さに通ずる趣がある。第二句の「ほとんど……ない」はきちんと訳されていることに注目したい。微細なところをないがしろにしていない。

それが最終句になると一転し、二行を三行に訳し展開してアタン！「さあ、気をつけて、待てよ！」に強い語気を負わせて感嘆符をつける。ふたりの生身の人の対話のように、人間の会話くさい。フランス人はたえず誰かと話をしているのだろう。多弁をよしとするフランス語だから、八行詩が九行に訳されているが、誤訳ではない。訳者の解釈だろう。

各行の末尾をつなぐ韻は踏んでいない。英語のようにドイツ語とゲルマン系の姉妹語ではないから同然のこと。それでいて声に出して朗誦するとシャンソンのような流れがある。この訳詩ではまだ空は明るくて青い。とっぷり暮れて夜になったという感じがしない、と思う。

七　邦訳の数々

経済学者で、同志社大学総長だった住谷悦治氏が第二次大戦の敗戦後に、京都東山の法然院の森陰に久々に旧知の人々の墓を訪ねたときのこと。偶然に九鬼周造の墓石を見つけた。墓石表面の「九鬼周造之墓」という文字は哲学者西田幾多郎の揮毫《きごう》である。このとき墓の右側面に「ゲーテの詩　寸心」と刻まれているのをむろんはじめて発見した。それは西田幾多郎によるゲーテの詩の邦訳だった。細めの筆あとを辿りながら読み、さらにノートに写しをとって帰る道すがら、いくたびか繰り返して暗誦してしまったという。寸心とは西田幾多郎の雅号である。

ゲーテの歌

寸心

見はるかす　山の頂
梢には風も動かす
鳥も鳴かす
まてしはしやかて汝も休はん

す、は、か、など清音のまま濁点をつけないのが和歌などでの古い習慣である。住谷氏は記している。

「もちろん、その原詩などにお目にかかったことはないし、厖大なゲーテの詩集の中から探し求めることは門外漢の自分には思いもよらぬことであった。そうして三十年がまたたく間に過ぎさってしまった」。

ところが偶然にも、三十年以上もたったある朝七時のNHKラジオ・ドイツ語講座をいつものように聴いていたところ、その時の高辻知義講師がゲーテの詩「旅人の夜の歌」を紹介し詳しく解説していたので、びっくりした。月刊の講座テキストに原詩が載っていた。新鮮な驚きだった。旧制高校時代、仙台で登張信一郎(竹風)教授にドイツ語を習って以来のドイツ語愛好である。

その時から住谷氏はいつとはなしに友人たちの助けも得てこの詩の邦訳を集め始め、明治から昭和にいたるまでの訳詩をまとめ、解説と感想を付して一冊の私家本にした。ゲーテ『旅人の夜の歌』(昭和堂、一九七九年)という。発刊時には二十二篇だったが、後に登張竹風の息、登張正実教授の力添えもあって数篇の存在を新たに知り、手書きコピーを同書巻末に付した。ワープロのない時代だった。煩雑というより訳詩だけでもすべてを引用すると長くなりすぎるので、訳者の名前だけを同書収録の順に記すと、まず西田幾多郎、続いて、高辻知義、吹田順助、片山敏彦、高橋義孝、高橋健二、並木祐一、大山定一、高木伊作、中山昌樹、山岸光宣、藤森秀夫、三浦吉兵衛、生田春月、茅野蕭々、森山啓、石倉小三郎、川崎芳隆、星野慎一、手塚富雄、道部順、小塩節、Ｙ・Ｔ（恐らく谷野芳輝であろう）、阿部次郎、三田博雄、神山友昭、堀内敬三、高崎保男、山口四郎と続く。よく集めたものだ。短い詩だから、似かよった訳が多いが、少し変わったものを二篇ここに記そう。

旅人の夜の詩

大山定一

山々は
はるかに暮れて
木ずえ吹く
ひとすじの
そよぎも見えず
夕鳥のうた　木立に消えぬ
あわれ　はや
わが身も憩わん。

＊

さすらい人の夜の歌

並木祐一

やまのへ　しずもり
かぜおちて
こずえそよがず
もりひそみ
とりねむる
なれもいつか　ねむりゆかん
またばやがて　ねむりゆかん

（シューベルトの曲に付して）

これらとは違い、口語訳の、原詩の言葉に忠実な訳を加えよう。住谷悦治氏がＮＨＫラジオで聴いた高辻知義訳である。

旅人の夜の歌

すべての山やまの峰をおおって
静けさがある

ローマのサン＝ピエトロ，ゲーテ画

すべての梢に
おまえは　ほとんど
風のそよぎを感じない
林の小鳥たちも　静まりかえっている
待つがいい　やがて
おまえもやすらぐのだ

高辻訳も本書の拙訳（一一二頁、口語調の直訳）も、どちらもできるだけ原語の文意を正確に伝えようとしたもので、それ自体で一個の詩作品とはなっていない。上田敏のドイツ語からの「山のあなたの空遠く」などは原詩よりみごとな詩になっている。ところで高辻訳は一九七八年、拙訳は実はそれより前の一九七四年出版（発表）なのだが、このふたりを除いて明治以来のすべての訳者は、西田幾多郎をはじめとして、ことごとくが原詩第五行目の「ほとんどない」kaum を訳出していない。この語は日本語の文語にはたしかに訳しにくい。いや、訳せないと言っていい。しかしそのために、ゲーテの簡潔でありながら繊細を極める心が訳出されず、訳は「風はない」という断言で終わってしまう。なかには風の音は「聞こえない」と訳しているものさえもある。原詩は視覚をあらわし「そよ風の通っていく跡もほとんど見えない」と言っているのに。日本語が難しいのか、明治以来の我々ドイツ語関係者が鈍感なのだろうか。双方だろうと思い、忸怩《じくじ》たるものがある。ひょっとすると詩の翻訳は実はまったく不可能なのではないか、とも思えてくる。詩とは、形象を伴った音楽曲なのだろう。詩の訳とは、音楽の作品を翻訳することであり、ありえないことではないのか。いや、ゲーテのこの短詩はひとつの文化であり、翻訳とはもうひとつ別の文化につくり変えることなのだろう。

八　ギリシャ詩の模倣か

ギリシャ・ローマ古典語・文学者である呉茂一氏訳の『ギリシア抒情詩選』(岩波文庫、増補第一刷、一九五二年)に、ギリシャ抒情詩人アルクマンの、ゲーテに影響を与えたであろうと氏の思われる詩が訳出されていた。「夜の歌」という。大学に入学して高津春繁氏にギリシャ語を、そしてこの呉茂一氏にラテン語入門の手ほどきをしていただいたのに、今もかつても怠け者でぼんやりしている私は両方ともついにものにはならなかった。

罪ほろぼしのような気持ちで呉さん(と、学生仲間用法のさん付けを許されたい)の訳書を手にした。まず最初がアルクマンの「夜の歌」である。何気なく読み出し、解註を読んで驚いた。いわく、「この詩はその発見後世人の愛誦を受け、後代の詩人への影響も甚だ広く、就中ゲーテはその“Über allen Gipfeln ruhn kein Vöglein wacht”に於て、これを浪漫的思想によつて裏づけ、また一の新しい美を創造してゐるが、原詩もそれに劣らぬ詞音の美しさに、読んで自ら夜気の迫るが如きものを有してゐる」と。

言葉の使用には非常に神経を使い、引用にはいつも限りなく正確さを求めていた呉さんが、ゲーテの詩の引用とその訳はずいぶん呑気な扱いだなあと二度驚いた。直訳をして、「すべての山頂に憩う小鳥は目がさめる」というのだから。しかし、ギリシャ抒情詩最初の詩人アルクマンの紹介は面白かった。

詩人は紀元前七世紀後半の人で、おそらく小アジアのサルディスから奴隷としてスパルタに連れて来られ、ここスパルタで詩才を発揮して自由人となったという。当時スパルタは武勇以上に詩歌の盛んなところで、集まる詩人や音楽家のなかでアルクマンはその抒情的作品が断片とはいえ現代に伝わる最初の人。それまでのギリシャの詩はすべて叙事詩だった。彼は応答唱歌を創案し、またとくに乙女の歌で名声を博した、ギリシャ文学史で最初の抒情詩人である。一八五五年にエジプトで発見されたパピルスのなかから、アルクマンの乙女の歌が見出されたという。

格調高い呉訳によるアルクマンの「夜の歌」。

眠るは山の嶺　かひの峡間《はざま》
またつづく尾根　たぎつ瀬々
また地を爬ふものは　か黒の土の育《はご》くむところ
山に臥すけだもの　蜜蜂の族
また紫の潮のおくどに　潜む異形《いぎょう》の類、
眠るは翅ながの　鳥のうから。

乙女の歌でなくて、こちらの「夜の歌」は紀元二世紀頃の学者アポロニオスの『ホメロス辞彙』によって伝えられたものの由。呉さんによれば「夜通しの祭り」のための歌だったろうという。いわく、「歌ふところは恐らくその合唱の群が夜にたむろするスパルタ野外の光景で、その狭い平原を圧して聳えるタウゲトスの嶺やそれにつづく諸峯、間の渓谷などが聯想され、花に名高いその平野に飼養される蜜蜂の群から山中の豺狼《さいろう》、林に棲む諸鳥、さてはほど近い地中海の深処に潜む巨魚までを、等しくつつむ母の如き夜の気色が歌はれてゐる」という。

『長崎県立国際経済大学論集』(一九八五年六月)に、石川勝治氏のアルクマンのこの詩についての詳細な研究論文があり、それによると、ギリシャ語の原詩の終わりの二行は母音の長短が実に静かな構成であり、上から下へという描写の順序とともにゲーテの詩に似ているという。ついでながら申し添えると、ドイツ語のリズムは母音を強く発音するか弱いかの組み合わせでつくられるが、ギリシャ語の詩は母音の長短がひとつの組み合わせとなる。

右の石川氏は、吉田健一の『ヨオロッパの世紀末』(新潮社、一九七〇年)から、吉田健一が「通説を覆してゲーテの詩はアルクマンの詩を翻案したもの、和歌の用語に従えば本歌どりである」と言っている、と述べている。吉田健一がそのとおりの文言を同書に記しているかどうかについては異論があるけれども、少なくとも吉田健一がゲーテによるアルクマン模倣と書いているのは似ているという意味ではそのとおりで、ここに吉田健一の文章を引用しよう。

「……話をギリシヤと十八世紀に戻すならばゲエテの、

どこを見ても山の峯に休息があり、

どの茂みにも殆ど囁きといふものを
聞くことが出来ない。
森の中で小鳥は音も立てずにゐる。
今暫く待てばお前も
休めるのだ。

といふ詩は紀元前七世紀のスパルタの詩人であるアルクマンの、

今は山の峯も麓も
谷間も眠り、暗くなつた地面の上を這ふ
凡てのものがその住処で休んでゐる。
山の獣も蜂も紫をした海の底にゐる
怪物も動かなくて
宙を飛ぶ鳥の群も
木の枝に止つて眠つてゐる。

に倣つたもので、何れも原文の訳であるものを二つ並べてその違ひを示すのは難しいが、それならば逆にそのどこが違ふかといふ見方をすることも参考になる。アルクマンの詩でも山の峯は眠り、それを眺めてゐる詩人の心にも休息があるからゲエテはそれをそのまま自分の詩に持つて来てゐるのである」。

残念ながら吉田健一の読みは浅い。ゲーテの詩の最終二行では、「休息」のない詩人の心がうたわれているのであって、吉田健一は間違っている。呉さんの言にとびつきすぎたとしか言いようがない。

吉田健一はこれ以上ゲーテについては語っていない。おそらく、両者がよく似ているのはゲーテがアルクマンを知っていてそれに倣ったのだと言い、さらには、ゲーテの詩の終句二行はギリシャにはない、十八世紀ヨーロッパ人の自意識のあらわれだと言いたかったのであろう。ここでは充分に言い切ってはいないが。

前七世紀のギリシャの抒情詩と十八世紀ヨーロッパのゲーテの詩が実によく似たテーマを取り扱ったものであるという見解は、実は吉田健一の発見ではなく、呉茂一氏のものであった。吉田健一が昔の「それをそのまま自分の詩に持つて来てゐる」と言い、模倣だと述べながら、両者の違いを人間の自意識表現という点に見ているのは興味深い。惜しむらくは、文学をあれほど愛し重んじた吉田健一の、ギリシャ語ドイツ語の詩の訳の乱暴さというかお粗末さは残念である。

ややペダンチックになるけれども、当時のゲーテのギリシャ語ギリシャ文学との関わりについては本書のなかで、シュタイン夫人への手紙のところに少しく触れた(一三一頁)。彼は山歩きの旅をしながらも、あるいはまた雪のハールツ山中騎行の際にも、ギリシャ語の文書をよく読んでいる。ホメロスはもちろんのこと、抒情詩人たち、たとえばサッポー、アナクレオン、シモニデス、ピンダロスなど、原文で自在に読んでいる。ドイツのゲーテ研究家たちはここ二五〇年のあいだにゲーテがいつ、どこで、何を読んだかまで実に細かく詳しく調べ上げてきているが、残念ながらアルクマンを読んだという記録はどこにもない。たぶん知らなかったろう、と私には思われる。しかし、アルクマン的な山々や夕べの描写や詩情は、ヨーロッパ文学の伝統としてゲーテの知識にはおおいに蓄えられていたろうと思う。ただし、紫色の海底深くにひそむ巨怪魚や羽根の長い鳥類という表現は、ゲーテには現われてこない。南国、海洋の民ギリシャならではのことだろう。

ゲーテにとってのラテン、ギリシャの言語と文学は大正期前の日本の先人たちにとっての漢文のような、当たり前の教養だった。そのうえ、彼はイタリア語、フランス語、英語を自由に読み書き話せた。ペルシャ語や中国語も多少はかじっている。しかし彼の言語生活の一番のおおもとには「我が愛するドイツ語」(『ファウスト』)があった。母語を愛し、よくしない者に外国語はマスターできるものではない。

九　シューベルトの作曲

若いゲーテの書いた二篇の「旅人の夜の歌」は、うたとしての調べがよいからだろう、多くの作曲家が競うように曲をつけて歌曲《リート》としている。「その一」には現在のところ一五〇曲、「その二」、ゲーテ自身の言う「憩いの歌」には、二〇〇曲以上の曲がある。それらのなかで掛け値なしに抜きん出ているのがフランツ・シューベルト（一七九七―一八二八年）の作曲による両方の詩の二曲である。

エッタースベルクの山辺での詩の曲は、静かに、おだやかに始まり、やがて心の不安と平和平安への願いと憧憬が最後に強く歌われて、天に向かう祈求となる。この曲（作品四の三）をつくったときシューベルトは十八歳。若かった。しかしこの年はすばらしい年だった。つとめ始めた教員生活の合間合間の短い貴重な時間を拾うようにして、驚くべき数の作曲をしている。前の年、十七歳の時に生涯初のミサ曲を作っているが、十八歳の一八一五年に作曲したミサ曲二篇は前年のものとは段違いの深い音で、私個人は強く心打たれる。ドイツ音楽（広い意味で、ウィーンもザルツブルクもドイツ音楽の領域に入る。ウィーンの言語もドイツ語であるように）の他に類を見ない特徴は、それが「深い」ということだと言っていい。たのしく歌い流すのでなくて、深みへとおりていく。ゲーテの詩の言語の音調も軽やかに見えて実はそうなのだ。

シューベルト十八歳の年には、繰り返しになるが交響曲を二曲、いくつものピアノ曲、舞曲、ソナタ、弦楽四重奏曲、劇音楽四曲を作っただけではない、実に一四五にのぼる歌曲《リート》、とくにゲーテの詩による「野バラ」、年末には「魔王」を生んだ。ゲーテの詩によるものだけで、この年に三〇曲も作っている。

彼は新しい、いい詩を読むと胸をわくわくさせて曲を作らずにはいられなかった。メロディと、別の存在のように確かな自立性を持つ伴奏とが、言葉の言語性を生かし添い切って一個の新しい音楽の世界をつくり、五線紙の上に躍っていく。ここに世界史に類を見ないドイツ・リートの世界が確立した。モーツァルトやベートーヴェンなどの先人たちとともに、いやひときわ抜きん出てリートの世界が屹立した。その頃、ドイツでもオーストリアでもいい詩が次々と生まれ、読まれていた。ヨーロッパ全体の政治世界は混乱していたし、ドイツは貧しかったにもかかわらずである。ゲーテ、シラーは言うまでもなく、ハインリヒ・ハイネ、グライム、ヘルティ、アイヒェンドルフその他、何とたくさんの詩人たちが空を飛ぶ小鳥たちのように歌声をひびかせていたことだろう。だから音楽家たちはそれこそ胸を弾ませて次から次へと作曲することができた。せずにはおられなかった。人類史上でもまれな時代だった。若いシューベルトにとって一八一五年はとくに記念すべき年であって、一般には「魔王」の年と言われる。この年七月五日に「旅人の夜の歌」その一（おんみ　天より来たり）の曲が生まれた。

それから年々歳々、病みがちで短命だったシューベルトの才能はますます多彩に、細やかに、そして深みを増していく。と同時に地上に生きる痛切な悲しみをも、多くの詩をテキストにして深くうたい、ついには歌曲集『冬の旅』や『白鳥の歌』に向かっていく。愚かな不注意で罹った病気は当時は不治の病とされていて、湧き立ち溢れる才能を自覚すればするほど、自分の病気をどんなにか絶望的に悲しく思ったことだろう。

作曲家としての彼の名声は不動のものとなったようでありながら、さまざまな曲の楽譜出版は非常に少ししかできなかった。当時のウィーンでは生《なま》の演奏家として成功しなければ作曲作品の出版はなかなかできなかった。超近眼で風采はあがらず、髪はもじゃもじゃ、身長も徴兵検査ではねられるほどに低く、およそ目立つところのない生演奏は親友仲間以外は成立せず、従って生前の出版は少なかった。「魔王」にしても、友人たちの持ち寄り友情自費出版だった。願っていた公的な音楽関係の職にはまったく就けなかった。よく言われるように極貧だったわけではない。適当な収入はあった。しかし生活の仕方が余りに無頓着だった。この点、人生の達人ゲーテとは大違いだった。ただし詩人ゲーテといえども、既述のように詩で収入を得ることはごく晩年まではなかった。当時のドイツのゲーテ以外の詩人たちもそうだった。彼らは詩を作らずにはおられず、詩による表現が好きだから詩を作っていただけなのである。

さて、シューベルトは、病状の思わしくない一八二三年には鬱々としたなかなのに歌曲集『美しい水車小屋の娘』の数曲を作り、そしてゲーテの「憩いの歌」つまり「旅人の夜の歌」その二の作曲をした。

ＣＤでもインターネットででも現代の私たちは実に容易にその曲を聴くことができるが、苦渋のあともなく一筆画のようになめらかな出来栄えの絶唱である。『ウィーン芸術誌』という雑誌の付録として印刷発表されたのは、亡くなる前の年一八二七年六月だった。翌年にはライプツィヒから海賊版が出ている。若いゲーテの諸作品もそうだったが、海賊版の方が部数も遥かに多く、よく売れていた。もちろん原作者のまったく知らぬところで、だった。

ウィーンのシューベルトから郵便で送られ献呈された楽譜をワイマルのゲーテは、友人ツェルターの助言のままに中身を見もせずにそのまま送り返した。何とシューベルトの没後二年してからはじめて彼の音楽に耳を傾け、感動したのだった。そのエピソードについては後述しよう。大事なのは、まずシューベルトの曲そのものである。

作品九六の三のこの曲は、ピアニッシモの本当に静かな二小節の前奏で、ゆっくりと始まる。第一小節。たった一小節の短い小節のなかで、中程がふくらむ。すーっと音が強まり、すぐまたすっとおさまって前奏第二小節に移る。たったそれだけのあいだに主題のメロディが鳴って終わる。そこでリートの歌声が始まる。メロディはやや高い音程だが、伴奏はどこまでも細やかなピアニッシモが続いていく。

ところがなのだ、Warte nur...「待て」と言葉の語調が変わるとたんに伴奏はぐんぐん強さを増しクレッシェンド。と思ったとたん、「憩わん」で、すっとまたピアニッシモに落ち着く。それを二度繰り返して終わるのだが、歌の声がauch［アオホ］と特別にゆっくり、長い時間をかけて締めくくったあとから、ピアノ伴奏は「お前もまた憩うのだ」のメロディをもう一度、それも左手だけの思い切ったピアニッシモで、中程の音の配列を音ひとつだけ入れかえて繰り返す。この音の反復の心憎さといったらない。咽喉の奥から吐息をそっと囁くように吐く歌声とそのあとのピアニッシモによる伴奏の反復は、聴く人の心にいつまでも消えぬひびきを残す。キッケルハーンの山の上で一声歌えば、木々の梢に緑の谷間に山彦がそっと渡っていくかのように。

ワイマルのゲーテは、画筆はよくふるったが、楽器に自ら手を触れることはほとんどなかった。幼少年時代にはフランクフルトの生家でピアノの前身のクラヴィーアを少しは弾いたらしい。ずっと時がたち、第二次大戦中の戦災に遭う前に疎開した当時の楽器が、今もフランクフルトのゲーテの家の最上階の小部屋に置いてある（私はそのクラヴィーアでゲーテの詩にモーツァルトが作曲した「すみれ」を弾いて管理人に叱られたことがある）。

イタリアから帰ったゲーテは自宅にグランドピアノを置き、友人仲間や宮廷人の集まりに提供したり、著名な音楽家を招いて音楽をたのしんだ。ロシア人、イタリア人、それに音楽家ツェルター（その頃はベルリン音楽大学教授）や、少年フェーリクス・メンデルスゾーンなどを招いて演奏をさせた。ベートーヴェンの作品をゲーテに丁寧に聴かせたのはメンデルスゾーンで、少年と大臣ゲーテ閣下は、「おれ・お前」のドゥーを使って話し合い、手紙を書くほど親しかった。また、のちにローベルト・シューマンの妻になった美少女クラーラ・ヴィークを、膝の上に乗せてピアノを弾かせたりした。なかなかにやりおるわい、と思わせる。

ゲーテのモーツァルト傾倒は余りにも有名である。バッハもよく聴いている。ベートーヴェンの音楽は世界をこわしてしまうとさえ言ったが、本人同士、夏になると保養地でよく一緒になっている。

「バッハを聴くと、天地創造の直前に神が自身の胸のうちで自問自答しているのを聴くような、

（神の胸のうちにいるような）大いなる安らぎを覚える」という手紙を、ベルリンのツェルター宛に送ってもいる。

ツェルターへの信頼は非常にあつかった。そのツェルターがシューベルトをまったく認めなかった。とくに歌曲のテキストと伴奏の構造が常識はずれでいけないと、口を極めておとしめた。そのためゲーテは生前のシューベルトが、敬意をこめて丁寧な表紙包装をして送ってくるゲーテの詩への作曲作品を、ついぞ聴きもせず楽譜に目をおとすことすらもなかった。ゲーテだって楽譜はしっかり読めたのだ。それなのに全部送り返すか、紙屑籠に放りこむかした。

可哀相なシューベルト！

貴族たちに献呈の辞を添えて贈るのは、正直なところご褒美のご下賜金目当てである。しかしゲーテに対しては、ひたすらその詩業に敬意を表した。当時は詩の使用許可をもらうような版権保護規制はなかったのである。でもシューベルトは詩人ゲーテの「言葉」に敬意を覚え、ゲーテの詩を総計四〇曲の作品にしている。ふつうのほかの詩人たちなら、手当たり次第に作者の名前も気にせず曲をつけたが、ゲーテについてはちがっていた。

シューベルトにだけは冷たいどころか完全に無視していたそのゲーテが、前記のようにシューベルトの没後二年の一八三〇年四月二十四日午前、自宅で歌手ヴィルヘルミーネ・シュレーダー・デフリントの歌う「魔王」そのほかのシューベルトを聴いた。伴奏者が記録している。彼は通俗歌曲のリートを好まなかったのだが、比類なきヴィルヘルミーネのたいへんドラマチックな歌唱にいたく感動し、彼女の頭を両手ではさみ、「すばらしい芸術的歌唱に千度ものお礼を」と言って彼女の額に口づけをした。それから続けて彼は言った、「この曲はかつて一度聴いたことがあったよ、そのときは何も訴えてくるものがなかった。ところがこのように歌ってくれると、全体がひとつの明確なイメージに形作られた」と。――「かつて一度聴いた」とは、「魔王」のことである。

八十二年七カ月のゲーテの生涯のすでに終わりに近い八十歳の春の日に、自宅でわざわざウィーンの下町の、ツェルターに言わせれば「音楽芸術の基本に背くような男」の音節を切らぬいわゆる通俗歌曲を、ゲーテがこんなにもよろこんで聴いたことについては、ある意味で「間に合ってよかった」と、誰しもが思うだろう。それだけではない。当時としてはきわめて高齢でなお精神活動は若者のように盛んだったゲーテが、シューベルトの音楽のよさを、自分の耳で聴いてたしかめ、感動できたということは、彼の芸術的感覚のよさを語るものでもあるだろう。彼の音楽の聴き方も面白い。一個の曲をその全体像、イメージとして形象的にとらえるのだから。ということはやはりゲーテは世に言う「眼の人」であったということになろうか。耳の聴覚でも見た。ちょうど「すべての梢の中に　お前は　そよ風のいぶきの　跡をほとんど見ない」とうたったように、風の音を聴くのではなく、目で見る人だった。

ゲーテは「眼の人」だったと言われる。活《い》きいきした、黒眼に褐色が少し入った大きくて健康な目が世界を見つめ、人々をひきつけた。彼が生地フランクフルトからはじめてワイマルへとやってきたその日のうちに、作家としても先輩のヴィーラントをはじめ、多くの人がゲーテの大きな輝く両眼にたちまち魅せられた。

ゲーテの肖像画はかなりたくさん残っているが、若い頃から中年にかけてのどれを見ても非常に大きな両の眼が輝きつつ静かだ。ところが七十歳、八十歳と年が加わるにつれて大きな両眼がますます強く、炯々爛々《けいけいらんらん》と光っている。むろん顔立ちも厳しく鋭くなっているが、目にたいへんな力がある、力がぐんぐん加わってくる。生なかのことではない。そしてこの両の眼は生涯眼鏡を必要としなかった。若い日に夕闇の山小屋の板壁に詩を書き記すことのできたいい眼は、八十二歳の誕生日の夜にも、ローソク一本の灯のもとで読書に耽る視力があった。

人、自然、演劇の舞台、古今の文学、科学論文、官庁の文書、あらゆる対象をこの目は見据え、見透した。植物、鉱物、人骨、動物の骨、土壌、雲や霧を含む気象、光、色、虹などを彼は自分の肉眼を信じて見、言語化した。そこに当時の未分化な科学の限界もあったとはいえ、その限界を彼はやすやすと越えて、植物の進化過程などをありありと目で見ていた。ルネサンス的人間の一例と言えよう。ヨーロッパ・ルネサンスの人間らしく、いやおそらくそれ以上に彼は岩石を含めた地上にあるすべてのもの・存在を、大きな生《せい》の「関連」のなかで捉え、変化し進化する生への畏敬を守った。そしてたとえば、人間にはないとされていた顎間骨《がくかんこつ》の発見などをして、他の生物と人間が超絶関係ではなく、はっきりした連系にあることを実証した。

最晩年に悠々と書き上げた『ファウスト』の終幕近く、「深夜」の場面で、老いて視力を失ってもなお公共のための干拓事業を指揮する百歳の老ファウストが、夜更けに昂然と独語する。

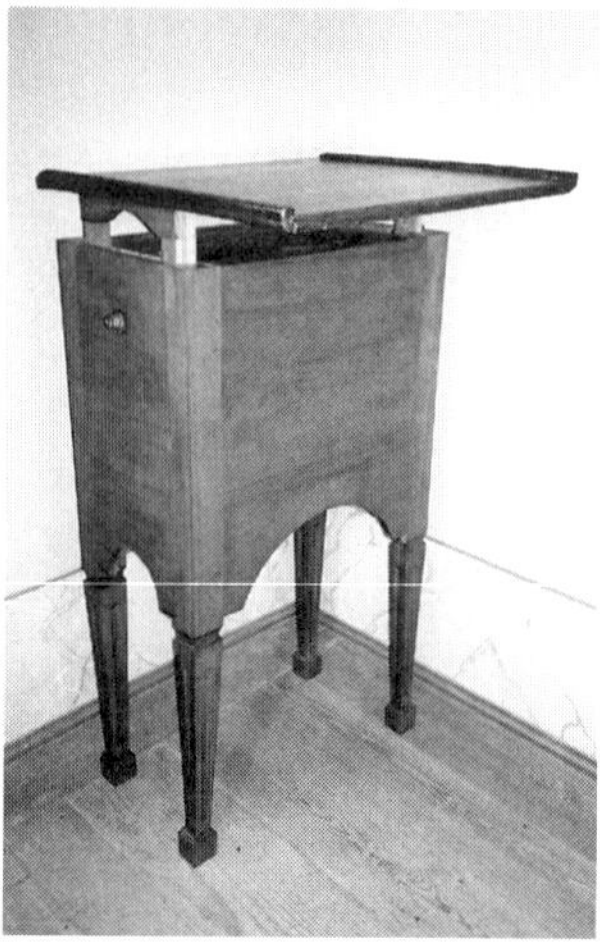

ガルテン・ハウスにある
ゲーテの立ち机

夜はしんしんと更け渡ってくるようだ、
しかし内面には輝く明るい光。
Die Nacht scheint tiefer, tief herein-
zudringen,
Allein im Innern leuchtet helles Licht.

二行目ではlの音が異様に美しく繰り返されている。このようなとき、同じ流音といってもrの音は繊細、lの音は持続する力の強さを音としてあらわす。ここは内的視力への自負のあらわれと言っていいだろう。ヘレス・リヒト「明るい光」と言い切る音の確かさ。詩人は言語による音楽家である。

けれども、ゲーテは眼だけの人であったわけではない。世界の音、音楽の調べに繊細な感覚を持っていた彼は、ヨーロッパ人一般がただ煩わしい雑音としてしか聞かぬ秋の虫の音を、歌声のように感じとった(『イタリア紀行』)。

ゲーテがシューベルトの生前にはまったく認めも聴きもしなかったのに、逆に言えば八十歳にもなってからシューベルトの歌曲に深く感動した、し得たことは、ほっとさせる話である。つまり、既述のように老いてなお衰えなかった芸術家としての感覚の冴えを物語ると言えよう。

それはそれとして、私個人はゲーテがどのような声をしていたかを知りたいと思う。彼がよくした自作の朗読、舞台での台詞発声。いや、日常生活の声はどのようなものであったのか。それで人柄がかなり察せられるのではないか。ゲーテが生きていたのは録音機器のない時代だったから、人の伝える証言しかないのだけれども、それがいかにも乏しいのが残念でならない。僅かな証言というか記録によると、「バリトン」の低めの静かな声だったという。もちろん消火活動や鉱山開発事業現場などで人々を叱咤激励する大声も出したにちがいないが、常日頃の生活では静かな声だったと伝えられている。ゲーテの頃、バリトンの声とは低音の意味だった。

Wandrers Nachtlied

Langsam, mit Ausdruck (♩ = 50)
Op. 4 № 3.
Der du von dem Him-mel bist, al - les Leid und Schmerzen stillst,
p
cresc.
den, der dop - pelt e - lend ist, dop - pelt mit Ent - zü - ckung füllst,
p
ach, ich bin des Treibens mü - de! Was soll all der Schmerz und Lust?
fp
p
cresc.
Etwas geschwinder
Sü - - ßer Frie - de, komm, ach komm in mei - ne Brust!
pp
dim.
sü - - ßer Frie - de, komm, ach komm in mei - ne Brust!
f
decresc.
p
pp

Wandrers Nachtlied

Op. 96. Nº 3.

Langsam.

Ü - ber al-len Gip-feln ist Ruh, in al - len
pp
Wipfeln spü-rest du kaum einen Hauch; die Vög - - lein schweigen,
pp
schweigen im Wal - de. War - te nur, war - te nur, bal - de ru - hest du
cresc.
pp
auch, war - te nur, war - te nur, bal - de ru - hest du auch.
cresc.
p
pp

十　うたのしらべ（韻律）

「旅人の夜の歌」二篇には成立年代に四年半のあいだがあり、どちらもヨーロッパの抒情詩としては短い小型の八行詩だが、本章ではもっぱらゲーテ自身が「憩いの歌」と呼んだ、「峯々に　憩いあり」と始まる詩に焦点を絞っていくことをお許しいただきたい。

詩は、まず音声として発声されるものである。そのもとには文字として書かれたテキストがあり、ゲーテの詩の多くはさらに歌曲《リート》に作曲されて人々の心に広く伝えられてきた。たとえば二〇〇曲以上作曲された「野バラ」の詩や、同様に二〇〇曲以上作曲されたこの「旅人の夜の歌」もそうだ。何気ない小さな詩であり、ギリシャ・ローマ時代から各行の長さや韻律が厳格に規定されてきた「形式」をさらりと破った自由なものである。ところが破ったはずの古典古代以来の韻律法や音素の配列法などを、改めてしっかり用いていることをこれから見ていこう。

このような一篇の詩を読むには、おそらく一分も要しないだろう。ところがこのように単純に見える短詩にも多層、多重な文化が包蔵されている。各層の内容を取り出して、日本語で言語化するのは実は容易なことではないが、あえて僅かでもそれに挑んでみよう。

外国語の詩作品を邦訳するに当たって、残念ながらどうしても訳出できないのは、もとの詩の韻律と音素（つまりある言語で用いる音の最小単位）がつくり出すしらべである。同じことは、今たいへん盛んに行われている日本語の俳句や和歌の外国語訳でも見られる。少々くどいと思われるかもしれないが、詩というものの重要な、おそらく最も大切な音楽的要素である音のひびき、しらべについて考えてみよう。

ヨーロッパの詩は一般に、音声が長いか短いか、強いか弱いか、子音や母音の配列はどうか、アクセントをどのようにつけるか、こういった音声的な韻律を重んずる。これに対して日本の詩歌の場合は、俳句や和歌のように音の数という形で韻律をつくる。また、漢詩は行の長さや音数のきまりと韻律との両者を備えているように、実にさまざまである。

まず、ドイツ語の詩の律つまりリズムはどのようなものか。それは母音のアクセント、音の強弱であらわすのであって、音程の高い低いや長短ではない。だから比較的に耳で聞きとりやすい。できるだけ単純化して言ってみよう。

アクセントのある音節に「ト」という印をつけ、アクセントのない音節には「〳」の印をつけよう。音節とは英語でいうシラブルで、ひとまとめに発音される言語の最小単位をいう。普通は、核になる母音があり、その前後に子音がともなう。ドイツ語は重々しい子音の使用が多い。それは前にも述べたように、母音を際立たせるためが多い。

韻を踏むなどというときの韻は、一行あるいは複数行の文中に、一定の間隔で同一の音声または類似の音声を用いることをいう。これによって音声の諧和美が得られる。韻を踏むとか、韻を押すというのは、同じ韻の字を行末や句末、句脚に置くこと。さてその行末や句末の脚韻をここでは「憩いの歌」の韻律表をつくり、下端に行末の脚韻をA、B、C、Dの表記で示してみよう。

Über allen Gipfeln

以下の強弱の組み合わせを取り出してみる。横棒「―」はその区切り。下端が脚韻で、音の組み合わせの別を示している。

1　⊥∪―⊥∪―⊥∪　A
2　⊥　―⊥.　B
3　∪⊥―∪⊥―∪　A
4　⊥∪―⊥　B
5　⊥∪―∪⊥;　C
6　∪―⊥∪∪―⊥∪∪―⊥∪.　D
7　⊥∪∪―⊥∪　D
8　⊥∪―∪⊥.　C

いきなりこのような表記が出てきたのでは、何のことやらわからぬといけない。原文の上に強弱の記号をつけてみよう。

1　Über allen Gipfeln　—ipfeln　A
2　Ist Ruh.　—uh　B
3　In allen Wipfeln　—ipfeln　A
4　Spürest du　—u　B
5　Kaum einen Hauch;　—auch　C

6　Die Vögelein schweigen im Walde.　—alde　D
7　Warte nur, balde　—alde　D
8　Ruhest du auch.　—auch　C

常識外れだけれども、もとの詩の音を片仮名で表記してみよう。ドイツ語の専門家には両目をつぶっていただいて。

1　ユーバー　アレン　ギップフェルン
2　イスト　ルー
3　イン　アレン　ヴィップフェルン
4　シュピューレスト　ドゥー
5　カオム　アイネン　ハオホ
6　ディー　フェーゲライン　シュヴァイゲン　イム　ヴァルデ
7　ヴァルテ　ヌーア　バルデ
8　ルーエスト　ドゥー　アオホ

まず第一行目、Über allen Gipfeln。

最初の単語「ユーバー」(ユーベル)では、語幹のユーにアクセントがある。ドイツ語では、外来語でない限り語尾にアクセントはつかない。そこで出てくる「ト⏑」という強弱の組み合わせを揚抑格という。英語で言うとトロカイックで、これを最初に発音すると世界全体を大きく包みこむような気概がある。ふたつ目の語アレンは、アの上にアクセントがあり、語尾にはつかない。

次の語ギップフェルンにおいても語幹の上にアクセントがあって、従ってすべてをまとめると、「ト（ート（ート（」と、整然たる揚抑格トロカイックである。古典的作詩法によると、いったんひとつのリズム形式で始めたら、あともずっとその格法で続けなくてはならない。ところがである。

第二行目、Ist Ruh。

「イスト　ルー」。前行と同じ揚抑格で読んだりすると、大事なルー「憩い」という名詞にアクセントがなくなる。さればといって抑揚格アイアンビック（ドイツ語ではヤンブスと言う）では、完全自動詞のIst「ある、存在する」が沈みこんでしまう。そうあってはならない。AがBである、という繋辞ならいいが、ここではそうではない。このistは英語ならthere isに当たる。この上にもアクセントを置かないわけにはいかない。そこでそれぞれ強く発音して、架空の語尾を飲みこんでしまうといい。「ト　ート　」となるわけである。

第三行目、In allen Wipfeln。

文字面だけ見ると、一行目と同じ調子に思えるが、実はリズムの流れは逆になっており、弱―強という抑揚格になっている。この格は、何かがこれから始まる、上昇する、前進する、というような気合のとき、あるいは物語の開始によく用いられる。必ずとは言い切れぬがこういった上昇開始の気配である。ついでながらpfの発音は下唇を上の歯で噛んでおいて唇を閉じ、力をこめて一気に息を吐く音である。日本語にはない。

第四行目、Spürest du。

「シュピューレスト　ドゥー」。母音を含むピューの音が語幹であって、ここにまずアクセントが置かれる。日本語は一文字ごとに母音が含まれるが、ドイツ語ではシュには母音がないのであって、ピューでやっと母音が出てくる、それも強いひびきの変母音がアクセントを要求する。――レストは語尾であってアクセントなし。すると行末のドゥーにアクセントがあり、そのあとに何かが続いておかしくないのに、その何かの音が言われずにかくれてしまって、次の行に注意を向けさせる。つまりカッコ内は省略というわけで、むしろ「は?」と聞き手が目を上げ耳をかそうとする。「トゥートゥ(ゥ)」。

第五行目、Kaum einen Hauch。

「カオム　アイネン　ハオホ」。au はローマ字風に読めば「アウ」だが、実際の発音では「アオ」の「オ」に近く発音するのが正しい。「カオム　アイ」で「トゥ」ということになる。「アイ」にアクセントはないのか。数詞ではない不定冠詞なのでアクセントはない。その先は、逆の構図になって「ゥト」で「ネン　ハオホ」となり、左右対称になる。これで話はひとつまとまって終わる。視覚に訴える情景はこれで終了した。

第六行目、Die Vögelein schweigen im Walde。

まったく新しいリズムが始まる。「ディー　フェーゲライン　シュヴァイゲン　イム　ヴァルデ」。「◡ートト◡◡ート◡◡ート◡」。ここを読むと、達人というか老練の士が自由自在にリズムをあやつっている感を深くする。まず冠詞の「ディー」には、アクセントは置かれない。重要な語「小鳥たち」の語幹に当たる「フェー」、ここに強いアクセントが置かれる。するとその先の「ゲ　ライン」ではアクセントのない音節がふたつ続いて「ト◡◡」、揚抑抑格というもので、ダクテュロス。震えつつ今にも走り出さんばかりの、不安を言うこともある「タン　タタ」というリズム。つまり連なる山々や広大な樹海ではなくて、細かい小鳥の世界である。このダクテュロスがふたつ続いたあとの「森」の「ヴァルデ」は「ト◡」となる。ダクテュロスを三つは続けないで、あえてここで抑制し、音を収めている。三拍続くべかりしところ、ふっと音を収めて、小鳥が眠りに就いたのだ、と突然の静寂にはっと気がついた、密かな驚きを示しているともとれるのである。

第七行目、Warte nur, balde。

「ヴァルテ　ヌーア(ヌール)　バルデ」。内面の緊張、震えるような、いや今にも駆け出さんばかりの心のたぎりを抑えこむために、まずは揚抑抑格ダクテュロスでこの行を始める、しかし一行の後半までは及ぼさず、余韻を持たせて「ト◡◡ート◡」と、揚抑格すなわちトロカイックでゆっくり締めておいて、最終行にもっていく。

第八行目、Ruhest du auch。

「ルーエスト　ドゥー　アオホ」。「ト◡ー◡ト」。五行目と同じ音の配り方であって、五・八行目の繰り返しによってひとつの循環が完成したと思わせる。つまり、左と右とからトロカイックの「ト◡」と、アイアンビックの「◡ト」という対称的な音ががっちり組み合わさって全体を締めくくる。

ただし、「ドゥー(お前・なんじ)」を特別に強く意識して次のように読むこともできよう。「ト◡ート◡」。たとえ自分自身であろうと二人称の「ドゥー」で呼びかけ、duを強く発声する、と考えることもありえよう。ただしそうすると五行目との対応というか呼応、循環が失われて残念なことになってしまう。「お前」ではなく、最後の「アオホ(もまた)」を強めにゆっくり心をこめて発声したほうが全体を締めくくるにいい、と私は思う。

脚韻

八行から成るこの詩の各行は、末尾の音を構築的に配置している。行末韻、英語でいうエンドライムである。AやBで示した音の二様の組み合わせからつくられている。八行詩の前半四行のエンドライムはABABという交互の組み合わせで、四行一組。この形式を交韻と呼ぶ。

. . . Gipfeln　ト◡　A
. . . Ruh　ト　B

. . . Wipfeln　ト（　A
. . . du　ト　B

五行目からの後半は韻の踏み方が変わる。

. . . Hauch　ト　C
. . . Walde　ト（　D
. . . balde　ト（　D
. . . auch　ト　C

見てのとおり、Cの音でDの二回を包みこんでいる包韻、ここも四行一組である。

ヨーロッパ諸言語の詩は、現代の完全な自由詩は別として、漢詩と同じように句末の音の韻を巧みにそろえ、組み合わせ、音声による音楽的、文学的構造をつくる。同じ音のひびきの繰り返しは、なつかしいという感情を呼び起こす。古い古代ドイツ語の頃にはこのような脚韻はなく、各行、各句の頭の音を句ごと行ごとに繰り返す頭韻というものが主流だった。時代がさがってゲーテの例で言うと、

Krieg! ist das Losungswort.
Sieg! Und so klingt es fort

さらに行内韻、行中韻という手法もある。一行の句の中で同じ音の（音節）の繰り返しをするのであるがくどくなるのでここでは例文を省こう。実は日本語でも五七や四六という字数で音韻効果をつくるのと同時に、語頭の音による頭韻がある。たとえば、

やわらかに
やなぎあおめる
きたかみの
きしべ目にみゆ
なけとごとくに

（石川啄木）

の「や　や」、「き　き」のような行の頭の音の繰り返しも有名だ。あるいは再び松尾芭蕉、

枯枝に　鳥のとまりけり　秋の暮

Kar-　Kar-　Ker-　Kur-

の音の構造の巧みさはどうだろう。Kとrとの音を転がすように展開していく。芭蕉も言葉の音楽家だった。

ゲーテに戻ると、山頂Gipfel(n)、木の梢Wipfel(n)の二語が-ipfelnという語尾がまったく同じで、どちらも、ものの尖った先端を想わせる。とくに梢をあらわすドイツ語の音は針葉樹である樅やドイツ唐檜の尖った樹冠をよくあらわしている。さらに微風をあらわすHauchは「ハウホ」より「ハオホ」と発音するのが原音に近く、いかにも静かに吐く息の音に似ている。

母　音

冒頭のuのウムラウト（変母音）ü［ユー］は、万国標準発音記号で書くと[yː]といい、日本語の

ユーよりもっと強く、イーに近いぐらいの強い音であって、見渡す限りのすべての山々の頂きをおおって、という出だしの視界の広さ、大きさをよくあらわしている。

　aは大空のように広らかで明るい、最も基本的な母音である。アレン、ヴァルデ、バルデなどに「ア」の音があって安心させられる。

　eは、この詩では弱い音節や語尾に使われていて、単独で強い音節の母音にはなっていないが、一般には広さ、平らな広がりなどをあらわす。

　iは、山頂や梢の語のなかにあるように、上を向いて伸び、尖る音。ときには願い、祈り、希求をあらわし、ときに意地悪く「イーだ」と日本語でも言うような、悪態をつく根性を示すことがある。

　oは、それこそ丸い。そのウムラウトöはよく用いられるが、口を丸くすぼめていつくしむ愛情を示すことが多い。ここでもただの鳥「フォーゲル」ではなくて、小鳥（たち）にはöを幹母音とし、可愛いものをあらわす縮小語尾の -lein「ライン」をつけてフェーゲラインと、感情がこもっている。ゲーテは九月六日の夕暮れ時、板壁に書いたこの詩の六行目はただ Die Vögel「ディ　フェーゲル」と記したが、数年あとにまたこの小屋を訪ね、自ら鉛筆で書き直してフェーゲラインとしたのだ、という評伝をいくつか読んでいるが、そのもとが焼失しているのでは、真偽の程を確かめることができないのが残念である。

　u。この音は日本語のウーと似ていて深い、暗い、恐い、と同時に、安定をあらわすこともできる音だ。たとえば二行目の Ruh「ルー」は、どんな人にも落ち着きを聞かせてくれる。ところがこれに un- という否定の前綴りをつけると、途端に Unruhe, unruhig［ウンルーエ、ウンルーイヒ］など、音からして不安定で落ち着かぬ心配事を伝える音となる。

子　音

先に英語訳とフランス語訳を紹介して、それらの音がなめらかだと記したが、ほんとうにゲーテでさえドイツ語の詩にはゴツゴツした子音が多い。ギップフェルン（頂き）だの、ヴィップフェルン（梢）だのに始まり、シュヴァイゲン（黙る）にいたって私たちはまさに沈黙する。ヴァルテ・ヌーア（待つがよい）のヴの音、流音 r（エル）の重なるひびき！

こんなにも重い子音が多いのにはそれなりの理由がある。イタリアのような、いつも空が青く晴れ渡っていて歌声が空いっぱいに鳴り渡るところでは、言語まで明るくなるのと違い、ドイツのように冬が長く、空は曇り、ドイツ唐檜や樅の木の密生した「暗い・黒い森」に霧が湧き立ちこめるところでは、精神は混沌となりがちであるから、大事な母音をしっかり伝えるために、たくさんの重い子音が集まり群をなして、母音を大事に担ぎ持ち上げるように運ぶ。たとえて言えば、ゴシックの大聖堂の鋭く天を指し聳える大尖塔が、いくつもの小塔によって支えられている様子に似ている。

母音は肺から出てくる空気が、気管声道の途中の声帯や顎、舌などや出口の唇などでさまたげられ、せばめられることなく、いわばすっきりと声になるのと違い、実にさまざまな邪魔というか、せばまりを受けて声になる音が、子音である。地球上の諸民族によってさまざまな子音の発声がある。

「旅人の夜の歌」で言えば、-pf-［プァ］の音は日本語にない強い音であり、子音が重なる -schw-［シュヴ］の音も通常の日本語にはない、重く強い音である。そして流音と呼ばれるｒとｌの音の組み合わせも、この詩の終わり七行目にはみごとな構成となっている。

Warte nur, balde

繊細で鋭敏なｒが二度繰り返されたあとを、舌を上顎につけてゆっくり発音する力強いｌの音が受けている。詩人の意識では巧まず自然に出てくるのだろうが、聴き手としてはみごとに詩人の手中におちるのである。

この詩「憩いの歌」の英訳や仏語訳と原詩の音を比較しただけで、すでに私たちはドイツ語の音のきつさ強さを確かめたが、改めて日本語と比べてみよう。

標題の訳は「旅人の夜の歌」である。この「夜の歌」は日本語ではヨルノウタと読み、すべての字に母音が入っているから発声したときにどんなに暗いイメージをこめようとしても、音としてはやさしい、やわらかさが醸し出されている。ドイツ語をナハトリートと片仮名で表記すると、ハにもトにもすべて母音が入っていて、やさしい。しかし発音は -ch- にも -t- にも、むろん語末の -t にも母音はついていない。硬質な子音が孤立しているかのようにいわば冷たい寒風のなかでひびく。

それだけに題名の「ナハトリート」のなかにある、夜の「ナ」のなかの a［ア］、「リー」のなかの ie［イー］がこれら冷たく重く鋭い子音に高く持ち上げられ、高くうたわれていると言えよう。

III

のちの日々に

ベルヴェデール離宮

一　五十二年後のエッタースベルク

一八二七年八月二十八日に、ゲーテは七十八歳の誕生日を迎えた。当時はもう老齢と言われて当然なのに、いくつもの、医師に見放された肺炎などの大病を乗り越えて、肉体的にも精神的にもいたって元気だ。

秋さわやかな九月二十六日朝。『ゲーテとの対話』で後世に名を残し、フリードリヒ・ニーチェに文章を激賞されたボランティア秘書ヨハン・ペーター・エッカーマン（一七九二―一八五四年）を誘って、ゲーテは自家用馬車でエッタースベルク行に出かけた。早朝の空は快晴、雲ひとつない。

カール・アウグスト公からとくに下賜された馬車は軽快な二人乗り（一寸工夫すれば四人乗れる）で、後輪が前輪の倍以上高くて大きい。座席も高く、黒い幌付き。細そうに見えて強靭な鋼鉄製、全体は落ち着いた黒、横扉は磨きこんだ褐色の板張りで、二十一世紀の現在でもワイマルのゲーテ家の脇玄関の横に今にも走り出せそうによく手入れして置いてある。走行に必要な馬は必要があれば宮廷に申し出ればすぐ、シュタイン主馬頭《しゅめのかみ》やその下僚が良い馬を手配してくれる。

御者はゲーテ家に住みこみのベテラン従僕、フリードリヒ（正しくはフリードリヒ・クラウゼ）。馬車は昔と違って大相撲の弓取り式の弓のように左右が高くはねあがっていて何枚も重ねた鋼鉄製のスプリングが改良に次ぐ改良を経てきているので、振動も少ない。それに道路行政全般を予算の乏しいなかでやりくりに苦労したゲーテのおかげで、馬車道も走りよくなっている。

かつてアンナ・アマーリアの命によって廃止され、市北端に形だけ残っているヤーコプ市門をくぐり、市の北側に走り出る。北へしばらく行ってリュッツェンドルフ村を過ぎると道は山に向かう坂道になり、馬車は人の走行ほどの緩歩になる。右手に官有（公国領）地が広がっている。生け垣やちょっとした茂みに小鳥が賑やかに囀っている。

山頂のすぐ南の急斜面に着くとそのままの道を真っ直ぐにはのぼらず、ほぼ等高線上を行くように左つまり西に巻いて進み、やがて西端の最高地点に着く。ドイツ唐檜《とうひ》の林が終わり、橅《ぶな》と槲《かしわ》の森にかわっている。ずっと後世、二十世紀の石切り場（二二七頁参照）のちょうど上あたりなのである。

白樺や七竈《ななかまど》も混じっていて、梢から梢へと鳴き渡る小鳥が飛ぶと、木の葉が二枚三枚と空に舞った。エッカーマンは自宅の自室に四十羽も小鳥を飼っている鳥好きで、彼に言わせれば梢から梢へ渡りながら鳴くのではなく、梢にとまってから鳴くのかもしれない。小鳥のさまざまな種類や鳴き方や羽の生え変わりなどについて彼は車中でゲーテを相手にうんちくを傾けたというが、『対話』のこの部分はゲーテ没後二十年もしてからエッカーマンが記憶とフィクションを交えて書いているようなので、詳しい紹介はしないでおこう。ただしこの日の山行きはゲーテの日記とも適合するので確かなこととされる。

「此処《ここ》にあるは善きかな――私たちが此処にいるのは何とすばらしいことか」（「マタイによる福音

書」十七章四節）と馬車を止めさせると、ゲーテは、「気持ちのいいこの大気のなかで、ちょっとした朝食をたしなむといいな」と言った。

ゲーテとエッカーマンは馬車を降り、幾度かの嵐に樹冠を折られたと思われる槲の木々の下を、大地の乾いているところを拾うようにして数分ぐるりと歩いて戻ると、心得のいいフリードリヒが芝草の少し高く盛り上がったところにシートを敷き、ゲーテの長男の嫁であるオティーリエが用意してくれたピクニック（軽食）をひろげている。ゲーテの食事にけっして欠かせないのがワインで、この早朝の、実は寒い空の下でもボトルから、黄色い皮袋に入れて持ち運んでいる黄金の深盃に赤ワインを注ぎ、槲の木を背にして、南と南西の眺望をたのしみながらめいめい焼いたシヤコ二本と白パンで朝食をとった。

まっすぐ南には、遥か彼方に緑濃い「テューリンゲンの森」と総称される東西に長く連なる山々、その手前下には緑の野に村々、南西にはエアフルトの町がはっきり見え、さらにその西のゴータの町と城までくっきりと見える。ワイマルの町はすぐ目の前の山頂にさえぎられて見えない（私が、後述する現代の石切り場の崖の上に立って見た全景とそっくりだと思う）。

「私はね」とゲーテは盃を手にしたまま語った。

「このところには何度も来たものだよ。――そして、後年にはいつも思ったものだ、この地点から（「マタイによる福音書」にあるように）世の国々とその繁栄ぶりを見るのも、これが最後だと。だがそれでいて、いつも身心がしゃきっとなるのだ。それで、今日もこれが、ふたりで快適な一日を過ごす最後ではないのだと思うよ。これからも何度もここまで来ようではないか。狭い屋内にいるだけでは人間がちぢこまってしまう。ここでは、眼前に見るこの大自然のように自分も大きく、自由になるのを感ずる。常々こうあるべきなのだ。こうしてここから見渡すと」とゲーテは続けた。

「長かった人生の最高に豊かな思い出の数々が結びついている地点がたくさん見える。あの向こうのイルメナウの山々で、我が若き日に何と多くのことをやったことか。それからあの下方の好ましきエアフルトでは何といくつもの冒険を体験したことか。それにゴータにもごく最初の頃はよく出かけたし、好きだった。ずいぶん長いこともう行っていないな。それにはわけがあるのだ」と笑いながらゲーテは言うのだった。

「私はね、ゴータではどうにも受けがよくなかったのだ。ひとつエピソードを話しておこうか。現在の領主の母君がまだとても若くあられた頃、私はよくあの地に出かけていた。ある晩、私ひとりで母君のもとでお茶をいただいていた。と、十歳から十二歳ぐらいのふたりの公子たちがね、かわいいブロンドの少年たちがだよ、駆けこんできて、私たちの座っているテーブルのところへやってきた。私はいい気になってね、ふたりの公子たちの髪の毛をつかんで言ったもんだ、「やあ、ロールパン坊やたち、何してるんだい」ってね。――ふたりは目をまん丸にして私を見つめた。私の慇懃《いんぎん》無礼さに心底驚いてしまったんだ。その後のちのちまでついぞそれを忘れてはくれなかった。私は今頃になって自慢しようなんて思わないが、私の生まれつきの性格なのだよ、どんな君公であれ、ただ君公だというだけでは、優れた人柄、立派な人間としての価値を合わせ持っている人でないと私はけっして尊敬しなかった。

——そうなのだ、私の生来のことなのだが、私は自分自身を貴いと思うから、たとえ人が私を(どこかの国の)君公にしてくれたとしても、とくに大したこととは思わなかったろう。貴族に列するとの叙爵をいただいたときも、それで自分がとくに偉くなったとは思わなかった。しかしね、ここだけの話だが、私にとっては何ということもなかった、何でもなかった。我々フランクフルトの都市上流人(都市貴族)は、自分たちが帝国貴族と同じだと思っていた。だから爵位を手にしたときも自分の思いとしては、とうに前から手にしていたもの以上のものではまったくなかった」。

これはゲーテの自賛や強がりでは毛頭なく、本音だったろう。その他の人々の証言からも事実そうだったと思われる。

ゲーテ家の馬車

ゲーテとエッカーマンは盃を交わしたあと再び馬車に乗り、円い山頂の北側、つまり今は強制収容所KLのバラック跡のあるその下側を東に巻いて走り、北東山腹のエッタースブルクの城館に向かった。その道から右手、つまり山頂側の森に入ると第二次大戦中「ゲーテの槲」と言われた大木のところまで行けることになるのだが、そこまで馬車道の途中から何百メートルも深い森のなかにゲーテが、それもシュタイン夫人と一緒に分け入っていったと大戦中に言い伝えられたけれども、実はそのような証言も証拠もない。

ゲーテは城館に着くと、いくつもの部屋を開けさせて壁のタペストリーや絵画を見て歩いた。しばらくしてエッカーマンに、

「ここはたのしいところだった。夏には即興劇を青空の下でやったものだ。ほら、この二階の隅の部屋にはシラーがしばらく泊まったものだった。そうだ、この奥の橅の木の幹に、若かった我々は自分たちの名前を刻みこんだものだよ」と言った。その木は長く彼やシラー、ヘルダーたちの名をその木肌に留めていたが、老いて切り倒され、いつしか薪になって消えてしまった。

昼近くなったので、ゲーテたちは再び馬車に乗り、ワイマルに戻って、フラウエンプラーンのゲーテ宅でふたり揃って昼食をとった。

二　八十二歳の日々

一八三一年八月、二十八日がゲーテの満八十二歳の誕生日である。ワイマルでは内外を挙げて祝いの行事が計画されていたが、どれも感謝はするけれども心たのしく祝賀の大げさな会には出たくない気持ちが強い。すでに一八一六年に妻クリスティアーネ没、一八二七年にフォン・シュタイン夫人が亡くなり、続いて二八年にはカール・アウグスト大公がプロイセンのベルリンからの帰途急死。そしてなによりも三〇年にはたったひとりの息子アウグストが十月に旅先ローマで死んでローマに葬られ、黙して悲しみをあらわさないゲーテが激しい喀血をした。

お祝いを止めてくれとは言えないが、出席には気が進まないため、自分自身の健康も回復したので小さな旅に出てしまうことにした。時々やる手である。

誕生日前々日の八月二十六日、二人の孫、十三歳のヴァルターと十一歳のヴォルフを連れ、フリードリヒを従者として南方イルメナウに向かって朝六時半に出発した。雲多き曇天、雨は降らず。イルメナウは、長いこと訪ねていない思い出深い地である。かつて親しかった人々と、これから育つ若い世代の者たちをしっかり会わせておこうとも思う。

イルム川沿いの道の町々村々は、それぞれ幾度も訪れて農地改革をはかり、牧草および土壌改良のためクローバーの一種ムラサキツユクサを植えさせ、護岸工事をし、農家の火災の折でも馬を駆ってかけつけたりしたことがある。ゆっくり走って通り抜け、約四〇キロ、昼にシュタットイルムで馬車を降り、充分な用意ができていなかった食堂で簡単な昼食。食後ゲーテだけ馬車に乗らずイルム川沿いの道をしばらく歩く。曇っていた空の雲が切れ、川を挟むあたりの景色がすばらしい。夕方六時過ぎイルメナウ着、ワイマルからの道は六〇キロ弱、直線距離なら約五〇キロ、レーヴェン館に投宿。テューリンゲンの森の山麓。孫たちは何を見てもよろこび、満足している(日記による)。

八月二十七日、土曜日。夏以来なかったほどの快晴。起床四時半、孫たちと朝食。

公国財務官兼鉱山管理官ヨハン・クリスティアン・マールが予定どおりにやってくる。「三十年ぶりだよ」とゲーテはうれしそうだった。もっと若かった頃には飛び領地だった当地イルメナウの税務全般をゲーテが改善したのだし、その後は廃坑再興でたいへんな苦労をしたのだった。そしてこれがゲーテの生涯最後のイルメナウ滞在となる。

フリードリヒとふたりの子どもたちは徒歩でキッケルハーンに登山開始。ゲーテはマール財務官と馬車で行く。途中「このあたりで地質学上何か新しい発見はなかったかね」と尋ね、さらに山頂のすぐ下に昔から忘れがたい狩人小屋がある、あの小屋を見ておきたい、と言う。そこで快晴をよろこびつつ町から真南への登山道を行き、途中で北西方向への脇道に入り、今もあるガーベルバッハ小屋のそばを抜けて高みへと馬車をゆっくり走らせた。山道は非常によく手入れされていて、馬車が、といっても山行き用の頑丈無骨なものだが、危なげなく走れる。山道なのに砂利をかなりよく敷きつめていい道になっている。

道路のためドイツ唐檜の森を深く切り拓いて掘り起こされた黒玢岩《こくひんがん》を面白がり、また、石英斑岩の珍しい露出と、道から見える景色とをたのしむ。公国上級監督官ケーニヒの命によって造られた道は、かつてよく知っていた極度に悪い道とは比較にならぬほどいい道路になっているのに驚く（二十一世紀の現在は再び荒れている）。そうしているうち、いちばんの高みに楽々と着いた。

丸い円塔がある。ゲーテはまずその上からの広い眺望をたのしみ、すばらしい森をよろこび、大きな声で言った、「ああ、なつかしきカール・アウグスト大公がもう一度この美観をご覧になれたらよかったのになあ」（その頃ワイマルは公国から大公国になっている）。

そしてマールに聞いた。

「この近くに小さな山小屋があるはずなんだがね。そこまで歩いていけるとも。馬車は、我々が戻ってくるまでここに待たせておくように」。

そのとおり本当に元気よく、峯の上のコケモモの茂みをかきわけるようにして歩いていく。コケモモは何とも可愛い名のベリー類だが、信州の日本アルプスの高い尾根にもよく茂っている。ただ日本アルプスの岩の上は風が強いせいか、一〇センチほどの高さにしか伸びない。キッケルハーンのはもっとよく伸びている。どちらも岩の山肌いっぱいに、濃い常緑のつややかな丸い葉がむらがっている。細くて短い枝先に、赤い筋が一、二本ほっそり入っている純白の釣鐘風の花が咲き、秋が深まると、大粒のブルーベリー（むらさき色の実）を真紅の色に変えたような実がたわわに実る。甘くておいしい。ドイツの人々はそのまま食用にするかベリー酒にする。飛騨の峯々のように高いところでなくても、ドイツではテューリンゲンの森などでたくさん採れるからだろう、山菜というものを食用にしないドイツ人が、ベリー類は重用愛用する。

雨風にさらされて黒茶色の無骨な木造の小屋は二階建てになっており、階下から急な階段が上に通じている。手すりもない、幅の狭い階段をスタスタとのぼるゲーテの年齢の半分にようやくなろうとするマールが手を貸そうとすると、ゲーテは笑ってまるで若者のように振りのけた。翌日は八十二の誕生日を迎える高齢だというのに。

「ずっとずっと前に、私はこの階上の板壁に小さな詩を書きつけた。もう一度、この目でそれを見ておきたい。詩の下に日付が見えたら、どうか書きとめてくれたまえ」。

マール財務・鉱山管理官は急いでゲーテを階上の部屋の南にある窓辺に案内した。南側の窓の左側の板壁に、鉛筆の文字が読みとれた。

峯々に
憩いあり
梢を渡る
そよ風の
跡もさだかには見えず
小鳥は森に黙《もだ》しぬ
待て　しばし

汝《なれ》もまた　憩わん

読み終わったゲーテの両頬を涙が落ちた。非常にゆっくりと、雪のように純白のハンカチを紺色の服のポケットから取り出し、涙をふき、静かなやや沈んだ声で言った。

「そうだ、
待て　しばし
汝《なれ》もまた　憩わん」。

じっと身じろぎもせず一分近く沈黙したままでいたが、やがて窓越しに黒ずんだドイツ唐檜の森を見やっていて、ふとマールのほうに振り向くと、

「さあ、行こうか」。

――マールが急な階段で支えようとすると、答えて言うには、「私がこんな段を下りられないとでも思うのかね。こりゃあ、何でもないよ。でも先に下りていってくれ。私が階段の下を見おろさなくていいようにな」。

彼はまた改めて、カール・アウグスト大公がもはや地上にはおられぬことを低い声で嘆いた。馬車を待たせてある地点まで歩いて帰りながら、ゲーテはもう別の話題に移ってマールに尋ねるのだった、ここキッケルハーンの山頂にも融解石英の露出が見られるだろうか。シュトッツァバッハ近くの山頂に見られるような具合にね。テューリンゲンの森北部の山々には、どこでも頂

上付近にゲーテの言うような石英の割れ砕けた地層がありますと聞いて、ゲーテは深くうなずき、フム、これはね、珍しくも面白い現象だな、将来の地質学会で研究テーマになりうるよ。同じように気象の観察もそうなのだ。ずっと続けて倦《う》まずたゆまず観察することが大事なのだ。そうすれば面白い結果が出るだろう、などと話し続ける。継続的に注意深く「観察すること」、自然のあらゆる状況についてその現況と変化、あるいは進歩発展変化をよく観ること、これこそ当時の彼の学問の基礎であり、研究の「方法」なのであった。いや、多くの場合当時の自然に関わる学問分野では、理念をまず掲げてすべての事象をその理念からいかにうまく説明するか、が方法論なのであった。ゲーテの方法はそれとは大違いである。

さて、キッケルハーンの山からおりる馬車に乗りこむとき、ゲーテはふと足を止め、見はるかす山々、森林を微笑を浮かべて見渡し、顔を上げて大空を仰いだ。ゲーテというひとりの人間の頭脳と心のなかで、自分自身を含めたひとりひとりの人間の生命と全生涯、人類の歴史が強烈に意識されたこの瞬間にゲーテは大気、天候気象、地上のあらゆる生命、岩石、地下の生成などを包括的に考え感じとる人だった。静止ではなく、動く全体を観るのだ。それらすべてを、詩人たる芸術的感覚が統合した。センス・オヴ・ビューティと呼んでいいだろうか。

ただひたすらゲーテの精神性が偉大だったというのではない。非合理的な精神賛美は真に謙虚で誠実な科学を否定して、たちまち暴力的な破壊主義に走るだろう。ナチズムの芽は地上のいたるところにある。

――午後二時になってやっとイルメナウ市内の宿に帰り着き、ゲーテはマールとふたりで遅い昼食をとった。そこへ孫たちが祖父とは別の道を登って山頂を極めたあと、森や林のなかを心ゆくまで歩き回って帰ってきて、ゲーテに、

「アパパ！」

といつものように「おじいさん」の意味の呼びかけをして、木や崖や冒険の数々を報告すると、普通のドイツ語なら「オーパ（おじいちゃん）」と呼ばれるアパパのゲーテの表情は、満面笑《え》みがこぼれんばかりだった。アパパとはアルト（老）・パパの意だろう。

午後孫たちはさらにマール管理官の案内で炭坑を見にいった。ゲーテは宿の部屋に残って二冊も本を読み上げる。そのひとつは友人クネーベルの翻訳になる古代ローマの詩人・哲学者ルクレティウスの唯物論的宇宙論で、読後感をクネーベル宛に一筆する。何と旺盛な精神活動だろう。当時の八十二歳は現代なら九十歳以上に当たると言ってもいい。午前中、馬車を活用したとはいえ、最後の峯歩きは自分の足でしっかり歩き通した老人なのだから、普通なら午後はトロトロと午睡をしてもおかしくはない。だいいち、瞼がおのずからさがってくるだろう。

一八三一年八月二十七日にゲーテが馬車でキッケルハーン山頂に登ったとき、山道は砂利を敷いた「いい道」であった。かなりの急勾配を馬車がゲーテたちを乗せてスムーズに走った。ところが二十世紀の一九八九年にベルリンの壁が崩壊し、東西両ドイツが統一したのちしばらくして私は単身この山に登った。そのときも、またその後再登頂したときにも、どの山道にも砂利はな

くて大きなむき出しの石ころだらけの荒れた道なのに驚いた。そのうえ、山道の左右のドイツ唐檜の森の手入れがよくなくて、どことなく荒れた雰囲気に思えた。手入れがされていないので、木々が黒々とした茂みになり、陽光がさしこんでいない。どうしたことだろうかといぶかしく思った。

あるとき山を下り、イルメナウの町の警察署の人に聞くことができた。それによると、第二次大戦後、このあたりからワイマル北郊エッタースベルクにかけてはソ連軍戦車部隊が駐屯していた。とくに冷戦末期頃にはいわゆるブレジネフ戦略という計画があり、約二十万もの兵力を擁する戦車部隊がこのあたりの谷々にひそみ、命令一下、西進して一週間でパリを陥《おとし》いれる態勢にあった、という。

ゴルバチョフがソ連の全権を握って調べてみると、この戦略は到底実行不可能だった。補給が続かない。北ドイツにも別の軍団が配置されていたが、これも実戦不能だった。補給がついていけないとわかったのだ。戦端はこの判断により幸いにも開かれなかった。ゴルバチョフは一九八五年ソ連の共産党政治局の書記長となり、ペレストロイカを推進し、八九年最高会議議長、翌年初の大統領となったが、九一年にソ連が崩壊したときに辞任した人物である。

ドイツ統一にともないソ連軍が東ドイツから撤退するまでの四十数年間、ここキッケルハーン周辺の谷々はソ連軍戦車部隊のいわば隠れ家だったので、多くの山森が立ち入り禁止となり、森林や山道の手入れは許されずに荒れ放題となっていた、というのである。

八月二十八日、日曜日。八十二歳の誕生日。

朝のうち、輝かしく日照があったが、空には少々雲が出ている、と日記。起床この日も五時少し過ぎ。年上の孫はまだ眠っているうちに、下の孫と朝食をとり終わる頃から、イルメナウ市の市立楽団が誕生日祝賀の演奏にやってくる。ワイマルからも祝いに駆けつけてくる者あり。八時、二台の馬車に分乗して、このあたりイルム河畔段丘に多い、よい陶土を使った陶器工房を観にいく。昼に戻り、孫たちはまたマールに伴われて外出。ゲーテは読書、しきりに首をひねっていた、と自分で日記に書き入れた。夕方、にわか雨。その後七時半頃、ワイマルからたくさんの贈物が届き、宿の前で楽団がセレナーデを奏する。孫たちとともにその時をたのしみ、またかつてこの地で銅や銀の再採掘を推し進めようとして奮戦努力したことなどを、今はなつかしく思い出して旧知の友人と語り合うのだった。

この日、ゲーテのいないワイマルでは、本人抜きにもかかわらず盛大な祝賀の宴が、市内でも、ベルヴェデール離宮でも賑々しく行われた。

ここで話は半年先へとぶ。**ゲーテの生涯の最後の日**である。

最後のW.

一八三二年三月二十二日。

数日前に少し風邪気味なので、馬で寒中散歩騎行に出かけ風邪っ気を吹きとばしてしまおうとした、無謀な八十二歳のゲーテ。ここしばらくはいたって元気だったので、誰も心配しなかった。

ところがその三月十六日夜からよく眠れず、異常なほどの発汗が続く。

ワイマル宮廷医で六年前からゲーテ家のかかりつけ家庭医でもあったカール・フォーゲル医博が、ゲーテの地上最後の日々の状態の記録を言葉数少なく、しかし正確に残している。それによると満八十二歳を迎えてなおゲーテは旺盛な精神的生産性を発揮していた。『ファウスト』第二部を完成して一度は封印し、死後出版を指定したのに、三二年一月には再び開いて亡き長男の妻オティーリエに読んで聞かせたりし、多くの友人と盛んに文通を重ねる。しかし医師の冷徹な観察によると、四肢の動きが固くなってき、昔のことはよく覚えているのに直近のことは忘れやすくなり、難聴が始まって一年ほどになる。やむをえない、典型的な高齢者の老化現象である。

三月十七日には胸の痛みを訴え、全身の脱力感が強いが、これもすぐ治るだろうと自分も周りも考えた。

十九日には食欲も旧に戻り、起き上がって種々の将来計画を立てる。あれとこれをやって、と実に意欲的である。

ところが十九日の夜から二十日朝にかけて状態が急に悪化し、強い悪寒がし、手足に痛みが走り始め、それが胸つまり肺の上部に移ってきて呼吸が苦しくなった。さすがに老ゲーテの両眼に不安と怯えが見えた。じっとは寝ておらず、しきりに寝返りをうつ。それだけの体力があるともいえる。悪寒がひどくなり、歯の根が合わない。胸の痛みが増してくる。

現代二十一世紀の医学から見ると、病気は気管支上部の炎症と心筋梗塞にほかならぬ由。薬品はいくつもあったが抗生剤はない時代、むろん血圧や血中酸素量や心電図の検査も記録もない。

ゲーテの少し前の時代までは病気というと瀉血《しゃけつ》といって、静脈からかなりの量の血を取り除く治療が普通だった。ゲーテはそのような目には遭っていない。もっとも瀉血は高血圧には(今でも)いいそうだが。

二十一日、昼間はずっと肘掛け椅子にかけている。少し言葉が乱れて不明瞭になったが、日付を尋ねるので答えると、「すると春が始まったな。よけいに早く治ることができるな」と言った。しかし夜は胸部の痛みが激しく、「ああ、ローマで逝ったむすこもこんなに苦しまなくてはならなかったのかな」と言った。この夜、病状は急速に悪化。

三月二十二日。早朝から邸内に異常な緊張が走り、全員が隣室に待機する。午前七時にフォーゲル医師がもはやすべての希望なしと告げる。朝の光が眼には眩しいだろうからと、医師が命じて病室と隣室すべてのブラインドを閉めさせた。しかしゲーテ本人はもはや苦痛を感じなくなったらしく、白いナイト・ガウンを着、フェルトの靴をはいてベッド脇の肘掛け椅子に静かに座っている。「暗いよ、もっと光を」と本人が言うのでブラインドをすべて開けるが、やはり眩しいと見え、右手を両眼の上にかざしたので、改めて両の部屋の観音開きのブラインドを閉める。これが有名なゲーテの辞世の句、

「もっと光を！　Mehr Licht!〔メーア　リヒト〕」

と伝えられることになった。この言葉についてはそれこそ汗牛充棟の書物がある。いかにも眼の人ゲーテらしいからだ。しかし事の実際は多くは散文的なもので、それほど崇高な発語ではない。この暗い地上にもっと平和の光をと願ったというのが主な解釈だが、なに、ブラインドを開けて

くれと言ったまでのことだった。

午前九時に水割りのワインを三息で飲み、さらに蒸しチキンを細かく切ったものをフォークを使って少々食べる。たびたび便通があり、室内用の御虎子《おこし》を用いる、しかしそのたびに全身が揺れて直立できなくなっていく。オティーリエに向かって、

「お前のお手々」

と言ってオティーリエの手にそっとさわった。異性への恋多かりしゲーテらしい仕草だった。

それからはもう口を動かすこともできなくなったが、右手をそっと上げ、人差し指で虚空に何か文字を書く動作を繰り返した。手を持ち上げる力が次第に弱くなり、手が次第に低くなって終わりに膝の上にかけた毛布の上におろし、もう一度同じ文字を書いた。椅子の後方に急いで回った者たちの目には、はっきりと、
W.
と、ダブリューの大文字に、しっかりとピリオドを打ったのがわかった。オティーリエはゲーテのベッドの縁に腰をおろし、ふたりの孫たちはドア越しに隣室からじっと「大好きなアパパ」の姿を見つめていた。医師フォーゲル、『対話』のエッカーマンその他の人が声をひそめて静かに隣室に集まっている。ゲーテは右手の指先でW.を膝の上に書き了《お》え、しっかりピリオドを毛布の上に指先で押しつけると、ゆっくり左の肘掛けに身を寄せかけるようにして、息を引きとった。午前十一時半であった。

この文字W.について、屁理屈好きなドイツ人ゲーテ研究家たちは、「光を」と同じようにこの

文字が何を意味するかについてそれこそ山のような意見、論文を発表してきている。Wは「世界」、「世界平和」、「世界文学」、「価値《ヴェールト》」（ドイツ語では英語のヴァリューに当たる語はVではなくWで書き始める）、いやいや「ワイマル」の頭文字にちがいない、あるいは下賤なヴァイプ（女、妻）か……等々。しかし人は大文字で一字を丁寧に何度も虚空に、そして膝の上に、おそらくは世界を相手に、刻むように書いて何かを伝え、生を了えようとするとき、大文字一字にピリオドを打つのはどんなときだろうか。

己《おの》が名の頭文字ではないか。それ以外にピリオドを打つことがあろうか。

ゲーテは、深く愛したヴォルフガング・アマデーウス・モーツァルトとまったく同じヴォルフガングという自分の名前の頭文字を、地上の生の締めくくりに世界に刻みこもうとしたのだ。文字による文学に生命をかけた詩人らしい最後の業だった。己が名を誇りに思い、愛していればこそのことだ。

こうして彼は、与えられた自分の名に近づいていこうと、自分の生の終わりを始源と結びつけ、ひとつの環を閉じた。もう一度W.（Wort《ヴォルト》言葉）にすべてを託して。それにW.は、可愛いふたりの（ヴァルターとヴォルフ）孫の名の頭文字でもある。幸せな人生だった。

三　ゲーテの保守主義

ゲーテと政治と言えば、普通は、フランス革命（一七八九年以降）への必ずしも肯定的ではない態度と、皇帝ナポレオンへの親近感、そして対仏解放戦争とドイツ民族主義の高揚に背を向けた老ゲーテの頑なな「保守主義」がよく語られる。この視点からゲーテにおける政治と文学について語ることはかなり容易だろう。それとはまた対照的に「ワイマル」の項でごく短く引用した二十世紀の反ナチ亡命文学者トーマス・マンの、このような一見保守反動的に見えて実はそうではないゲーテの真意と思想への満腔の賛意も、これまたきわめて政治的である。

けれども一般のドイツ人は、トーマス・マンの『ワイマルのロッテ』に述べられているような、当時のドイツ人一般の余りに性急な、狭い民族主義的「進歩主義」（ナチズムへの傾斜と似たいわゆるゲルマン主義）へのゲーテの憂慮とは無縁で、人は老いれば保守化して懐古趣味に陥るものだと考えるだけだろう。それでいて、ナポレオンがドイツ民族の古色蒼然たる三〇〇もの小邦分裂分立状態の絶対主義をつき崩し、一般法の意識やメートル法をはじめとする近代化をもたらした進歩性——このようなナポレオンにゲーテが親近感を抱いたことは誰も疑わない。疑わないけれどもあえて取り上げはしない。

しかし何人《なんぴと》も疑うことができないのは、ゲーテが一生をドイツとドイツ語という言語になした大きな貢献である。国家としてけっしてひとつの存在ではなかった当時のドイツに、それにもかかわらず一体感を与えたのはゲーテの優れた創作活動による言語文化の一体性だった。それはマルティーン・ルターによる聖書のドイツ語訳と並ぶ偉業である。ルターは炭坑夫、農民、領主たちすべてにわかるドイツ語で、中世のラテン語からでなく、新約聖書はギリシャ語の原典から、旧約聖書はヘブル語の原典から訳出した。万人のためのドイツ語を創ったと言える。ゲーテはみずみずしい高地ドイツ語で十八世紀以後のドイツ語を創ったと言える。それはワイマル初期十年というより、彼の一生についての評価である。

ここで私はなおも話をワイマル初期に戻し、もう一度若きゲーテの生き様《よう》を見たい。

行政官、政治家として

詩心をついぞ失うことのなかったゲーテが、行政官として、さらに小なりとはいえ一国の政治家として、政治権力の座に就き、権力を手中にして十年。彼が何をなしたか、なしとげえたか。その評価は国が小さかったからかなり容易にはかることができよう。おそらく彼自身は思うほどにはできないという自らへの失望感が大きかったろう。だが私は、けっしてゲーテ崇拝やゲーテ賛美をするつもりではなくて、当時の時代的状況や限られた条件のなかで、彼がはたして権力を握っているためだけに権力にしがみついていたのか、それとも国家社会、いやそこに住み生きている人々のために何かをしよう、自分の力と人々の力を合わせていこうと努力したかどうか。それを問いたい。飢えつつも必死に働く人々に、一切れのパンを用意しようと努力したか。そのことを問いたい。心を病む人の訴えに、なすすべもない自らの無力を思い知らされながらも何かをしようと努めたか。そうした、と思うのだ。

文学活動や自然科学研究の業績は、ここでは脇に置いておいて、行政官、政治家としてのゲーテという人物の十年間の社会改革者としての仕事をもし短く締めくくって言うとすれば、繰り返しになるが、次のようになるだろう。

一、軍備費半減や道路建設、河川護岸工事、文教政策、演劇振興、造園、何よりも税制改革では驚くほど大きな成果を上げた。

二、しかし鉱山開発や農地改革などの分野では大きな失敗と挫折をした。だから客観的に評価していい業績と、現実の政治家としての彼の限界とがそこに見える。ゲーテ自身の自己満足の喜びと失望、無力感も私たちにはもちろん強く共感できる。つまり時代の社会構造を、一個人がたとえ善意をもってしても、根底から変革することはできない。

三、しかし何よりもゲーテが身を置いたワイマルという共同体のために役に立とうと努力したこと。これは疑いがないと思う。

六十年も完成を志してきて、最晩年にようやく書き上げた戯曲の大作『ファウスト』の巻末近くに、

「自由な土地に自由な民とともに立ちたい」

と語る百歳にして意気軒昂たる主人公ファウストの言葉がある。この「自由」はかなり精神主義的であって、十九世紀的革命思想の言う単なる階級制からの自由というような意味ではない。こ

の自由の内容定義はなしがたい。ただ人の心のなかでのことだけだとも言いがたい。

多くの人がとくに晩年のゲーテは体制順応型の保守思想家だったと言う。現状の体制への革命運動を志向しない、順応派だと言う。秩序尊重主義だと言う。まさにドイツ人気質の権化である、と。マルティーン・ルターについてもいわゆる進歩的な人々は同じような非難を加えてきている。そう、個々の人間に完全を求めることはできないし、何が進歩で何が保守なのかは歴史的状況によって異なってくる。相対的なものだ。

ゲーテについてはっきり言えることは、彼が肯定した完全な秩序と統一は、彼が植物、鉱物、動物、人間のすべてを研究対象とした自然の世界だけであって、しかもこの自然の秩序とは絶えず変化し進化していく過程だったということだ。スピノザ的な、そして近代科学の前触れ的な捉え方の自然という壮大な対象だった。彼が社会体制の秩序に無定見に順応することのみをよしとしたと見るのは余りに浅薄である。むしろゲーテの一生変わらぬ本質はこう言うべきだろう、すなわち、壮大な自然に相対する人間存在の、個々の魂と肉体は自然的生命としては「自然」と深く同一でありながら、精神は自然とはっきり対立しているのであり、このような人間の本質は成長と不安である、と。つまり、私が「旅人の夜の歌」に見てとろうとするゲーテの実体がこれだ、この詩によくあらわれているのだ、と言いたい。

四　文化と政治

人間が誕生し、生きて死んでいく一生のすべては、同時に地域や社会集団、民族、国家の共同体のなかで互いに連なり合い、ともに生き生かされていく。そしてさらに世代から世代へと環のように次の生命につながっていく。個々には一世代で切れてしまうこともあるが、どのような生《せい》であれ人間は個としてまた集団として、自然のなかにありながら自然からエネルギーを得て、時代や地域ごとに固有の生活を営む。死を含む生活のあり方、つまり生の様式と内容とが文化であろう。

だから科学、技術、学問、芸術、社会道徳、宗教そして政治や衣食住も人間の生の様式である。これをひっくるめて文化と言う。狭くは精神的生活に関わるものを文化と言い、技術的な生活に関するものを文明と呼んで区別することもある。ゲーテの時代にはまだ文化と文明を峻別することはほとんどなかった。大きく文化と呼んでいた。

政治と文化を対立するもの、あるいは互いに異なるものとして考えても、たとえ文学青年ゲーテの場合であっても、彼が全身でぶつかっていった政治もまた文化そのものだったとも言える。もっと狭義にしぼってゲーテにおいてワイマル初期十年間に政治と芸術（彼の場合は文学の創作、絵画、演劇等）は両立したかと問うべきかもしれない。それならば単純に、両立はしにくかった、と答えられる。しかしワイマル初期十年の政治経験は、彼の生涯に無駄なことだったとは言えない。イタリアでの休暇二年間を挟んで、彼は一生現役のワイマルの政治家だった。ただ晩年は政治の表には出なかっただけであり、彼の長編小説や生涯の終わりに完成した戯曲『ファウスト』第二部に見られるように、政治世界は作品の大きな基礎の石となっている。ワイマル初期十年の財政・税政での悪戦苦闘の経験がなければ、『ファウスト』第二部の第一幕と終幕は創作できなかっただろう。

今私が注目したいのは、初期ワイマル時代の「政治の季節」にも彼の詩心が涸《か》れ切ることはなく、むしろ前にも述べたように巨大な現世の営みの重圧のもとでも、平明に見えて実は深く美しい詩がいくつも生まれていることである。

改めて問われるのは、ゲーテという過去の一個人の一篇もしくは幾篇かの人間性を謳った詩が、はたして現代の資本主義社会が生み出した巨大な非人間性の「政治」の悪を免責しうるものか、後述するファシズム、ナチズム（あるいはまたスターリニズム）を超える力を持つか、ということである。できるかできないかは、ゲーテ自身の答えることではなく、詩を口ずさむ後代の私たちの行動いかんにかかるのであろう。

しかしそれにしても解きがたいのは、ゲーテやカントのいた法治国ドイツがどうして凶悪きわまりないナチの権力国家へと変転したのかという問いである。ごく簡略化して言うならば、まず挙げなければならないのは、一八〇六年のナポレオンによるドイツの占領とその後の解放戦争時のナショナリズムの爆発である。ゲーテが嫌悪したのは、ドイツ人全体がこの爆発に雪崩を打って一気に走ったことだった。ドイツ人特有のこの雪崩現象とその徹底性。いわゆる国民性は、時代によって変わりうるものだが、ドイツ人のこの国民性はなかなか変わるものではない。ゲーテはこれに背を向け、いや、嫌悪した。

次いで十九世紀後半にはビスマルクの率いる鉄と血のドイツ帝国、このときにドイツ人のナショナリズムは再び爆発した。そしてついに二十世紀。第一次大戦の敗戦後、ヴェルサイユ条約の課す過酷以上の賠償に対して激発したナショナリズムは、当時の社会情勢と相俟《ま》ってナチズムを招いた。遅れて来た後発の資本主義が帝国主義的国際競争に突入。イタリア、スペイン、日本以上にドイツはその突入度が激しかった。それでいて文化の伝統は敗戦によって崩れ、政治は混迷を続け、政党は国民の信頼を失い、不況経済は底なしの泥沼に陥り、社会情勢は不安を極めた。失意と不安のなかにあった大衆は、新しい「血と土」の神話に惹きつけられ、偶像的な指導者を求めた。

ナチズムはまさにこのような情況が生み出し、党はこの情況に適応しつつ急成長し、およそ考えうる限りの科学的技術を用いたデマとテロによって社会を「同質化」し、巨大な徹底的権力国家をつくり上げた。ナショナリズムの大波に揺られた大衆は、ニヒルな歓声を上げながらこの大波のなかに躍りこんでいった。死の舞踏のなかへ。

全国土を蔽う無法な非・反理性の怒濤に対して人間性をもって対抗するのは、台風に吹きとぶ木の葉のようなもので、対抗し抵抗する者はテロ組織（ゲシュタポ、ＳＡ、ＳＳ）によって容赦なく虐待、虐殺されていった。そのために造られた強制収容所は、内部の実情は知られぬままに社会全体を恐怖の沈黙にしばり続けた。東方スターリニズムのソ連でも、事態はほぼ同様だった。せめてものことに、ナチの呼号した「千年王国」は一九三三年から四五年の十二年間だけで粉砕された。この間、ヒトラーはシラーの言葉は演説によく引用したが、ゲーテの言葉の引用は私の知る限りでは、『ファウスト』第一部、「行為」についての独白(八九―九〇頁参照)を除いてはついぞしなかったし、できなかった。だからゲーテがナチに直接的に勝ったわけではけっしてないのだけれども。

次に見ていくブーヘンヴァルトの丘と、今も静かで美しいワイマルの町と、そのあいだに私にとってはゲーテが立っている。「すべての峯に　憩いがある」と。

Ⅳ

ブーヘンヴァルト強制収容所

収容所入口鉄扉

一　ブーヘンヴァルト

ワイマルの南方には「テューリンゲンの森」と呼ばれる緑の山脈が東西に連なっている。振り返って市の北縁を見ると南方と対照的に、たったひとつのなだらかな丘エッタースベルクがある。頂上の高さ四七八メートルのなだらかな丘のような小山だが、東西に伸びる丘はワイマルの北には他に山がないので、たいへん印象的である。

橅《ぶな》の森が全山を蔽っており、ワイマルに面した南側は急な斜面だが、ワイマルからは見えぬ北側はひろらかな、ゆるい斜面となっている。

ここにナチSS（Schutzstaffel 親衛隊）の強制収容所（Konzentrationslager 略称KLまたはKZ）の造られたのが一九三七年。それから八年間このKLは一九四五年までフルに回転を続け、夜も昼も灰色の、ねばりつくような異臭の煙が丘の上から立ちのぼっていた。KL Buchenwald「ブーヘンヴァルト強制収容所」である。

強制的に国家統治を行い、政府への反対分子を徹底的強制的に排除すべく集中施設に収容するKLは、実は近世以来いくつかの先進国で行われてきたもので、ナチ・ドイツの特産ではない。一九二三年にはソ連でグーラグ Gulag と呼ばれる強制収容所が設けられている。ソルジェニーツィンの『収容所群島』でよく知られている。

ここブーヘンヴァルト強制収容所はドイツ的な規則と組織力が、科学的技術を駆使して運用され、巨大精確な地上の地獄だった。実態を詳しく述べるのは本書のめざすところではないからごく簡単に、ドイツがどうしてブーヘンヴァルトのような施設を国内外二十二か所もつくったのか。歴史をほんの僅か振り返ってみよう。ドイツ史の全貌ではなく、ワイマルの歴史について一言しよう。

かつてゲーテが政務を担当したザクセン＝ワイマル＝アイゼナハ公国は、一八一五年に大公国となり、テューリンゲン地方最大の領邦となった。一八三二年、ゲーテ没。その後も平和な小国であり続けたが、産業革命の波がここにも及んでくる。

時は進んで一九一八年。ワイマルでも君主制が倒れて共和制となる。一九一九年二月には、政情険悪なベルリンを避けた国民議会がワイマルのドイツ国民劇場で開かれ、八月にワイマル憲法制定。当時の世界で最も民主主義的憲法とされた。ナチによって息の根をとめられるまでの十四年間、ドイツに文学、音楽、哲学、演劇、映画そして自然科学と技術の諸分野で「ワイマル文化」の花が咲いた。

やがて世界的大不況のなかで国際関係は不安定さを増し、大恐慌がドイツを襲い、天文学的賠償によるレンテンマルクの激落が続き、ナショナリズムが台頭。政党が無策の対立を続けるなかで、一九三三年一月、ヒトラー・ナチ党が合法的に政権を獲得、「授権法」によって、憲法を改正することなしに実質無効として独裁体制を確立。勤労動員や軍需産業振興によって六〇〇万人もの失業者問題を急速に解消した。

政権に反対する社会分子を徹底的に排除し、国家を強制的に支配すべくナチは「強制収容所」を設ける。ミュンヒェン近郊のダッハウをはじめ、のちの占領地を含めて総計二十二、付属労働キャンプ一六五にのぼる。反対分子（政治的反対者、とくに共産主義者と社会民主党員、教会関係者等）の強制収容をもって始まり、やがて軍需産業等のための強制労働、ついには人種の大量絶滅を目的として運用された。

ワイマル市内からエッタースベルクの小山を見やると、頂上から急な南側斜面に追悼の大きな記念碑が見える。実際のＫＬの広大な跡は、頂上を越えた北側斜面に広がっていて、ワイマルからは見えない。建設から運営のすべてを担ったのはナチのＳＳ親衛隊だった。収容人数三〇〇〇の予定のところ最大十一万人を収容したので、悲惨の極みだったが、いかにもドイツ的規則にのっとって周到に用意され、運用された。

二　ゲーテの槲

ブーヘンヴァルト強制収容所の囚人用バラック群跡地の北端に、一本の古い木の切り株がそのまま掘り起こされずに残っていて、雨風に打たれてもがっしりした木質が人の骨のように白く張っている。「ゲーテの槲《かしわ》（オーク）」と今も呼ばれる、樹齢五〇〇年以上の巨木の株である。地上三〇センチほどのところで直径が一・五メートルほどもあろう。強靭な株だ。

山の斜面を北へなだらかに下がっていく広大なバラック用地には、今も草木が一本もない。高圧電流が走っていた鉄条網に囲まれた用地は、周囲を深い橅の森にほんの僅かな隙もなく囲まれているが、森がかなり遠いのでその木々が低い芝生のへりのようにしか見えない。

鉄扉の門を入るとすぐ、収容された囚人たち何万人かが毎朝毎夕点呼のため整然と集められた広場がある。足もとは石のように硬く踏み固められている。彼らが自分たちの手で造った粗末きわまりない数十棟のバラックの屋根のかなたに、冬は葉が落ち尽くして髪を振り乱した老人の頭のように見える樹相のオークが一本だけ立っていた。それが「ゲーテの槲の木」であった。もう少し右手を見ると、煉瓦造りのがっしりした建物があり、四角い煙突が見える。人体を次々と焼いていった焼き場《クレマトリウム》である。今にも煙がもうもうと立ち昇りそうに見える。

ここはブーヘンヴァルト（橅の森）と呼ばれるが、凶悪巨大なナチ国家権力のもとで行われた強制労働と虐殺の森(死の［トーデス］・森［ヴァルト］)だった。全国全欧に造られた数多くの収容所と同じように。

第二次大戦前のベルリンに、ヨーゼフ・ロート(一八九四—一九三九年)という特異なジャーナリスト・作家がいた。反ナチの鋭い筆を振るったが、ユダヤ系だったので、パリに亡命。貧困と病気のうちに貧民病院で死んだ。死の四日前、一九三九年五月二十二日に「ブーヘンヴァルトのゲーテの槲の木」という短い一枚の文章を書き遺した。これが絶筆だった。

ヨーゼフ・ロートは一九三六年にパリに亡命しているので、三七年に造られたブーヘンヴァルト収容所に入れられたわけではない。ドイツ国民一般が収容所の存在はうすうす知ってはいても、なかで何が行われていたか知らなかったのに、パリにいたヨーゼフ・ロートが収容所のなかをよく知っていたのはなぜなのか。ひょっとすると、ヒトラーの誕生日に特別恩赦で仮釈放された少数の人から聞いたのかもしれない。初期には短期収容されて釈放された囚人もきわめて少しはいたが、収容所内での見聞はいっさい絶対に口外しない誓約をさせられ、一言でも洩れると直ちにゲシュタポ(国家秘密警察)によって再逮捕された。ユダヤ系ジャーナリストのヨーゼフ・ロートのアンテナは異様に鋭かった。彼はこう書いている。

「ブーヘンヴァルトは常にこの名であったわけではない。そうではなくてエッタースブルク(のあるエッタースベルク)と言っていた。……ゲーテはここでフォン・シュタイン夫人と会うのを常としていた、一本の美しい、年老《ふ》りた槲の木の下で。

この木はいわゆる自然保護樹の指定を受けていた。ブーヘンヴァルトすなわちエッタースベルクで森を切り拓き根株を掘り起こし、北に洗濯棟、南に炊事棟を造り始めようとしたとき、この一本の槲の木だけは切り倒されなかった、ゲーテの槲、シュタイン夫人の槲だったから。

この木のそばを通って収容所の在監者たちは、毎日歩いていく、ということはすなわち、そこを歩かされて行った……」。

ヨーゼフ・ロートはパリにいながらどうしてこの木のことを知ったのだろう。ただし、本当にゲーテがシュタイン夫人とこの木の下で会うのを常としていたかどうか。残念ながら証拠はない。深い森のなかをゲーテがわざわざここまで来たかどうかもわからない。自然保護樹の指定を受けたのは、ゲーテの没後ずいぶんたってからのことだ。しかしナチのSS隊員たちはこの大樹こそブーヘンヴァルトのシンボルだと呼び、うやまった。ゲルマンの自然宗教時代以来、ドイツ人はよく雷の落ちる槲の木を神木として尊んだ。イギリスやアイルランドにもその風習がある。

ヨーゼフ・ロートとのつながりはまったく考えられないのに、同じこの槲の木について自らの経験を書いた作家にエルンスト・ヴィーヒェルト（一八八七―一九五〇年）がいる。マルティーン・ニーメラー牧師逮捕に抗議した廉《かど》により捕えられ、著名作家のためゲッベルス宣伝相直々の命により一九三八年、ブーヘンヴァルトに送られたが数十日の短期で釈放。その後ゲシュタポによる厳しい在宅監視下に置かれ、執筆禁止となる。しかし密かにブーヘンヴァルトについて冷静精緻な大部の一冊を書き、地下に埋めてかくした。戦後発表されたのが『死者の森《トーテンヴァルト》』である。声高でない、静かで、それだけに恐ろしい優れた作品である。

　収容所に入れられると、全裸になって頭髪を刈り落とされ、全身を消毒液にひたされ、縞模様の囚人服を着、足に合わぬ木靴を履いたエルンスト・ヴィーヒェルトが最初に見たのは、切り倒されたばかりの槲の大木を、布ひとつ肩に当てずむき出しの皮膚が割《さ》けて真っ赤な血を流しながら担いでいく、労働中の囚人たちの姿だった。その後、彼は槲の木を、それが立ち木であろうと何であろうと直視できなくなった。その第一日目。ヴィーヒェルトは自分のことを第三人称で語っている。客観化しようとしたのだろう。

「もう日は暮れていた。彼はもう一度バラックのあいだを抜けて歩いた。……ほんの一分歩いただけで槲の木の下に立った。この木についてはかつてこの木の翳《かげ》がゲーテとシャルロッテ・フォン・シュタインの上に落ちたものだと言われている。木は収容所の主要通路の一本の脇にあり、ここからなら遠く〔森の〕向こうを見通せる唯一のところだった。月が、森に蔽われた丘陵の上に出て、収容所の最後の物音は消えた。

　なおしばらくのあいだ、彼は遠くを見ていた。まったくひとりで。するとまるで自分がこの地上で最後の人間であるかのように思えてきた。そして彼は、一五〇〇年前このところに立っていたかもしれぬ人のものとわかっている詩の全句を、しっかり思い出そうと努めた。その大いなる詩の生命は何ひとつ失われてはいない。たとえ自分が五十歳にしてガレー奴隷船に漕ぎ手としてつながれていたとしても、何ひとつ失われていきはしなかっただろう。「〔人よ〕高貴で、人を助け、善良で〔あれ〕……」と〔ゲーテの詩「神性」冒頭の言葉〕。いやいや、たったひとりの人でもこの句をそっと口ずさみ、その生の最期の時にいたるまでこれを心に守ろうとする人がいる限り、この語はけっして亡びはしない」。

エルンスト・ヴィーヒェルトは、また何日かののち、過酷きわまる重労働に疲労困憊した夜に、ひとりまたそっと槲の木のそばまで行った。すると暗い夜のなかで、何か大きな力のようなものが近寄り包んでくれるのを感ずるのだった。

忘れられぬ、しかも大部な一冊である。Ernst Wiechert: Der Totenwald。

また、フランスの対独レジスタントに加わっていて捕えられ、ブーヘンヴァルトに送られてきたが奇跡的に生き延びたスペイン共産党幹部のホルヘ・センプルンは書いている。

「私はあたりを見回した、誰もいなかった。ただ風のざわめきだけだった、このエッタースベルクの山辺に絶えず変わらず吹いている風だった。春に、冬に、生ぬるいか氷のように冷たいか、いつもエッタースベルクに風が吹く。四季の風がゲーテの丘の上を、焼き場の上を吹いていく」。

このスペイン生まれのフランス人は、バラックのなかで囚人仲間とヴェルレーヌやポール・ヴァレリーの詩を暗誦し合い、ドイツ語でハイネの詩を引用し、「ローレライ」の歌を大声で歌ったりしている。悲惨を極めたバラックのなかに国際的つまりインターナショナルな絆もかなりあったらしい。全収容所内に隠れた自治抵抗組織をつくり上げ、空爆のあとに武器工場から武器を盗み出して、バラック内に組織的にかくし、解放当日は自分たちで収容所の門を開いてアメリカ軍の戦車を導き入れたりした組織は、各国の元共産党幹部の筋金入りメンバーと、捕虜として収容され、殺されずに僅かに生き残っていたイギリス軍将校たちとの強靭な協同だった。

このホルヘ・センプルンは、戦後パリで多くの著作を発表しいくつもの賞を得ているが、そのひとつに自伝的記録小説『なんと美しい日曜日！　ブーヘンワルト強制収容所 一九四四年冬』（I・II、榊原晃三訳、岩波現代選書）がある。

ブーヘンヴァルトでの自らの囚人体験を一九四四年冬のある日曜日に集中して想起し、共産主義に関わる政治的哲学的考察や伝記的回想を雄弁に記したものだが、身をもって体験した収容所生活の回想は実に説得力がある。

その中の一エピソードとして、架空の話が入れられている。八十歳近くの老いてなお盛んなゲーテがエッタースベルク、今はブーヘンヴァルトという丘の上に散歩に来て、雪の道をエッカーマンと語りながら歩いている。実際にはゲーテは一八二八年九月に（本書でも伝えているように）エッカーマンと馬車でこの丘にのぼっているので、その模様を下敷きにしてセンプルンはフィクションの対話を記す。ゲーテは何のために橇《そり》を曳かせてこの雪の丘にのぼってきたのか。

鉄条網に囲まれた広大な囚人用ゲレンデとは別に、深い森の奥に特別棟がいくつかある。そのひとつに戦前のフランス首相レオン・ブルムが抑留されている。フランス初のユダヤ人首相であった。この抑留は架空ではなく事実である。そのレオン・ブルムにあって話をしたいと考えてゲーテはやってきたが、ゲーテといえども囚人面会は許可されない。雪の森のなかを歩きながら、ゲーテはエッカーマンと語る。

　収容所の鉄の門扉に、鋳鉄製の、

Jedem das Seine［イェーデム　ダス　ザイネ］という打ち透かしの標語が打ちつけてある。「各自にその分《ぶん》を」、「誰にも相応の生を」とでも訳せようか。古典古代の古語を現代ドイツ語に訳した言葉だが、これを見たゲーテは教育目的のためのこの強制収容所について肯定的に読む。野放図の自由ではなくて、抑制と義務を重んずる晩年のゲーテの人生観、世界観である（とセンプルンは続ける）。

標語だけではない。ゲレンデの一隅に「ゲーテの木」とされる一本の大樹が大事にされている。そしてこのところの名がはじめはエッタースベルク収容所となるはずのところ、ゲーテの名を汚してはならぬとする考慮からブーヘンヴァルトに変更されたことなどなど、架空のゲーテはおおいに感銘を受ける。さらに架空のゲーテは、知性と権力、知識人と政治は相容れないと断ずる、とこの小説は述べていく。

トーマス・マンが『ワイマルのロッテ』で描いた老ゲーテの心情とは相容れぬ、正反対の見方だが、センプルンのこの雄弁多弁には感嘆せざるをえない。

JEDEM DAS SEINE（Jedem das Seine）

囚人ゲレンデ入口の門扉に内側から読めるように打ちつけてある、黒々としたこの鋳鉄製の大文字の言葉は、もとは古代ローマの政治家カトー（前二三四―一四九年）の発語と伝えられている。「各人にその分・所有を保障しよう」という心構えだった。各人からすべての所有物・衣服・尊厳を奪い去り、生命をも奪うＫＬの標語としては、痛烈な反語である。実は十八世紀にフリードリヒ一世が政治のモットーとして以来、軍国プロイセンで好まれた標語であった。das Seine をセンプルンが「分」でなく「義務」と解釈したのは、文法的には一応可能であるが、軍国主義的政治のモットーにゲーテが賛意を表したというのは、センプルンの飛躍にすぎるファンタジーである。

さて、一九四四年八月二十四日、連合軍による第一回目の空襲があった。囚人バラックを正確に避けた爆撃が続く。この第一回目はイギリスのロイヤル・エアフォースによるもので、鉄条網のすぐ外にある収容所付属の武器工場が目標とされた。工場には囚人たち約二〇〇〇人が強制労働をさせられ、ロンドンに向けて発射されたたくさんのロケット弾VⅡ号の部品が製造されていた。焼夷弾の一発が目標をそれて鉄条網の内側の槲の木に落ち、木は全焼。何日か後に焼け焦げた木は切り倒された。SSはゲルマンの「神」が槲の木に宿るとしていたから、囚人たちは「ゲルマンが倒れた」と一様に喜んだという。三十数か国もの国々からの人々である。アウシュヴィッツに送り切れないでいたユダヤ人もかなりいた。

ゲーテの槲の木は結局なくなったが、切り株だけは今も大事にされている。これはなぜなのだろうか。片やたしかにゲーテが好んだエッタースブルクの離宮近くの、彼が自分の名を幹に刻んだ樵の木は、薪にして燃やされて今はない。ずいぶん皮肉なことに思える――。

三　山の上

エッタースベルクの山上にナチ・ドイツの強制収容所が造られたのは、アードルフ・ヒトラーが政権を取った一九三三年から四年後の一九三七年だった。

人類の二十世紀は多くの独裁国家で、繰り返しになるが政府政権への反対者批判者を徹底的に捕えて社会から排除するため、大がかりな強制(労働)収容所が造られた世紀だった。すでに十九世紀にはイギリスによって、一九二三年にはソ連領土内にいくつもの強制労働収容所が設けられている。

ナチ独裁下のドイツではまずミュンヒェン近郊のダッハウ、続いてベルリン市内と近郊に(コロンビア刑務所、オラーニエンブルク)造られ、国内の反ナチ・ドイツ人が裁判手続きなしで収容され、一九三六年には中部のテューリンゲンにＫＬ設置の議が始まり、エッタースベルクが候補地に選ばれた。理由の第一はナチの地方《ガウ》総司令部所在地ワイマルのすぐ近くであること、第二に都市の近隣地でありながら周囲と完全に遮断できる地形であり、第三に所内から煉瓦を焼く粘土と建築用の石材が豊富に採掘されうること、そして第四に地方総司令部としてワイマルの近くに強力な部隊駐屯を希望したことが挙げられる。設置・運営者は武装ＳＳである。ダッハウを模範前例とし、ダッハウで訓練養成を受けたＳＳ隊員が配属されてきた。

ＫＬはワイマルののち、全独領土内だけでなく強行合併されたオーストリア、近隣占領地に次々と造られていく。一九四四年五月には主要ＫＬは二十二か所、比較的小さめの収容所は一六五を数え、収容囚人数は一九四二年三月には約十万人、一九四五年一月にはアウシュヴィッツとトレブリンカを除いて約七十一万五〇〇〇人に達した。配備された警備のＳＳ隊員は四万人。警備といっても彼らは自らの手を下して虐殺を行ったのであって、死者はユダヤ人約六〇〇万人、非ユダヤ人（大部分はヨーロッパ人）が少なくとも五十万人とされるが、敗戦前後の混乱のためこの数字は細部は正確でない概算である。ユダヤ人虐殺についてはとくにホロコーストと呼ぶ。ユダヤ教の神に供え捧げる「焼き尽くすいけにえ（ホロコースト）」から来た表現である。

エッタースベルクに設けられることになったＫＬは当初「強制収容所エッタースベルク」と呼ぶはずだったが、ワイマルのナチ党文化部から「人間の屑を扱うのにゲーテと結びつきの強い地名は避けるべきだ」と異議が出、「ホーホヴァルト」と名称が変わった。次いで最終の名は一九三七年七月二十八日命名とされる。それより前の同年同月十六日には最初の囚人一四九人が送られて来、直ちに山頂近くの森林を伐採、根株掘り起こしと整地を主に素手で行い、バラックを建てた。

エッタースベルク山頂付近一帯は国有林と村有林、私有林が交じり合っていたが、ＳＳは私有林には多少は代金を支払ったが、証拠書類は敗戦時に焼却処分されたらしい。山林の一部は自治体と個人所有者に寄付を強要したとも伝えられる。それでも残存書類によると、土地購入代金として当時のお金で三六万九五六八マルクをＳＳ会計から出費している。そして広大な山林全体が行政区としてのワイマル市に編入される。しかしそこには水も電気も住む場所も道路もなかった。それらをすべて囚人が造り出さなくてはならなかった。自分たちの押しこまれるバラックより前にSS隊員のための立派な住宅も造られた。八月には新たに約一〇〇〇人の囚人が送りこまれ、年末には二五〇〇人が収容され、ことごとくが一日十四時間から十六時間の重労働を強いられた。所外の労働も多くなり、やがて山頂の収容所本体のほか三十六か所のブーヘンヴァルト支所がワイマル市内外に設営され、総計二十三万八〇〇〇人（一時的最大数は十一万人）が収容され、うち五万六〇〇〇人が虐殺された。

一九四五年四月十一日、進攻するアメリカ軍によって解放されたとき生き残ってその日を迎えたのは二万三〇〇〇人、うち子どもが九〇四人もいた。余りに数字が大きいのでつい鈍感にならざるをえないが、解放の日の二日前、約一万人が強制的に徒歩で外部に行進させられていった。近づいてくるアメリカ軍、連合軍を避けるため、南ドイツに移動するのだという。そのほとんどは途中で飢えと疲労のため死んだ。倒れてなお息する者はそのまま多数の完全武装SS隊員、および驚くべきことには村人たちによって射殺されたり殴り殺され、死体は道に沿う森林に捨てられた。死亡者記録はない。これを死の行進と呼ばなくて何だろうか。

山の上の収容所の広大な全体を記述することは、私にはできない。その一部を記しておこう。

ワイマル市北端からエッタースブルガー道路を北上し、皇帝の菩提樹、カイザー・リンデン記念林の手前で左手、西に分かれていく道がある。囚人たちが森を切り拓き血の汗を流して造ったドイツ的に頑丈な幅広いコンクリート舗装の道路で、ブルート・シュトラーセ「血の道」と今も呼ばれている。この道を走って鬱然と茂る橅の森を行き、山頂近くでゆるやかに右手に上がってゆくと、囚人たちが突貫工事で造らされたワイマルからの鉄道の終着駅のプラットホーム跡がある。そこを過ぎて収容所跡に着く。全長三・五キロの高圧電流の流れていた鉄条網に、ぐるりと取り囲まれた囚人のバラックの敷地四〇ヘクタール。北に向かって、草一本もない砂利敷の敷地跡が遥かかなたまで広がっている。鉄条網の上には全部で二十三の監視棟があり、窓からはサーチライトと機銃の銃口が四六時中のぞき火を噴いた。三階建ての門をくぐり、鉄扉を押して入ると、目の前は全員が朝夕点呼を受けた広場だ。半切れのパンも与えられずにここに何時間も立たされたままのことも多かった。右手、遥か東側に焼き場つまり火葬用焼却炉の建物がある。アウシュヴィッツにつくられたような「効率のいい」ガス室はここにはまだなかった。

初期には死んだ(殺された)囚人の死体(約二〇〇〇体)はトラックで運ばれワイマル市内の焼き場に行くはずの途中で町なかの道路上に落ちて散らばり、市民の抗議があったことも加わり、収容所構内に頑丈な鉄製の焼き場が造られたのだった。ドイツには豊かに産する石炭からつくるコークスを燃料にして、煉瓦の煙突からは日夜もうもうたる煙が上った。解放当日にも焼き切れぬ全裸の瘦せこけた死体が、建物の外に山と積まれていた。

このバラック用敷地の南側、鉄条網の外には一五〇ヘクタールもあるSS隊員用の住宅地、兵舎があり、今はその一部に記念博物館がある。ここには何とも手入れのいい(むろん囚人たちが手入れをさせられた)公園があり、小規模の動物園や鷹小屋まであった。

山の上の強制収容所から逃亡脱出することはほとんど不可能だった。しかし、初期にはあえて逃亡した囚人がふたりいた。ひとりはすぐつかまって射殺されたが、もうひとりはチェコまで逃げのびた。しかしチェコの警察に捕えられ、この山に再び連行されてきた。一九三八年クリスマスの直前だった。収容門から広場に入った脇のところに絞首刑用の台がつくられ、囚人全員が寒風吹きすさぶ点呼広場に集められ、銃を構えた多数のSS兵士に囲まれたまま数時間不動の姿勢で立たされた。夜八時、煌々《こうこう》たるサーチライトの光を浴びながら全員の前で絞首刑が執行された。その後も何かにつけてしばしば行われたように。

十二月二十四日の夜となり、ドイツ菓子シュトレンが与えられた。これなしにはドイツのクリスマスはない。おそらく国際赤十字の寄付によったものだったろう。囚人たちは薄く切った一枚一枚のシュトレンをじっと見つめて涙を流した。手に一枚をのせたまま、誰しも、ただひとりの例外もなく壁を向き、小屋の隅にうずくまって泣いていた。傲岸不遜で凶悪な犯罪囚人さえも、みんな泣いた(ジャーナリストのパウル・コヴォリク著から)。ドイツ的なクリスマスの歌をうたうことは厳禁された。それは収容所外の教会でも禁じられていた(九二頁参照)。

主として収容所内で行われ、所外でも、戦争で人手の足りなくなった企業、工場、農場、ワイマル市内消防隊、空襲後の瓦礫片づけなどが次第に行われるようになった強制労働の数々は、すべて奴隷以下の取り扱いを受けた囚人の生き血にまみれていたが、なかでも石切り場での採石作業ほど苛酷で一瞬一瞬が死と隣り合わせのものはなかった。バラック群の門を出、SS隊員住宅の広大な区域をぐるりと西にまわると、山の高みのはずれの急斜面が、収容所内の建築や道路舗装、鉄道建設などのための岩石切り出しの場だった。このあたりでかつてゲーテは数十万年前の湖底の貝の化石を発見したのだった。

斜面の中央に狭い谷間のような切れ目が上から遥か下まで走っていて、息をのむような急傾斜である。切り出した重い石を、あるいは肩に担ぎ、あるいは腹部に抱え、あるいはトロッコに載せ、ＳＳとカポ（囚人のなかでとくにＳＳに見出されて囚人監視に当てられた者）の罵声と怒号、雨あられと降る棍棒や投石を浴び、カービン銃やピストルの絶え間ない発射に怯え、疲労の極致にありながら人々は採石と運搬の労働を強いられた。まさに地獄そのものだった。死者と重傷者は日々多数にのぼった。配属されているＳＳ隊員とカポは、とくに人の死をたのしむサディストで神経異常者たちだった。戦後数十年たった現在、その崖には青草がいっぱいに茂って石切りの跡はまったく見えず、谷の底には数十頭の羊が草を食《は》んでいる。

森に小鳥が囀り、実に平和な姿だ。谷の上に立つと、遥か右手、西南の方に四〇キロ先のエアフルトの町がはっきり見える。ワイマルはもう少し左手にあって見えない。私は崖の上の美しい森陰に長く立ってはいられなかった。それはバラック用地のなかに立っている木の吊るし柱（拷問や絞首刑用の）や、石を運ぶ手押し車、焼き場の鉄炉を見たときの恐怖感とはまるで違う、美しい緑に包まれた凶悪な地獄をこの目でじかに見ているような恐ろしさである。

再び石切り場。砂ぼこりのなかに大小の切り出された石、石、石。幽霊のようによろめき歩く縞模様服の人々、数百人。砂と血と汗に汚れたまま、着替えはない。絶えず聞こえる嘆き呻き声、殴られ撃たれて死にゆく人の最後の吐く息の音、人は倒れ、石を積んでやっとのぼったトロッコは崖の上から人々の頭上におちる。それをもう一度積みなおし、手で抱え、「全力疾走」の命のもと崖の小径を息絶えだえに駆けのぼり、そこで息絶えて倒れる人、人、人。それを見ながら銃を手にして悪魔のように哄笑するSS隊員たち。人は倒れ、起き上がり、石を担ぎ、また倒れて呻き声だけが聞こえる。残忍な夏の太陽が地を灼《や》き、厳冬には氷のような雪が降りかかる。そして吹きすさぶ山の上の風。この人たちに代って、いつの日か石が叫ぶであろうか。

石切り場はナチが設けたほとんどすべての収容所にあった。木材に頼り、コンクリートを愛用する日本人には想像がつきにくいが、たとえばドイツでは天然の石材は人の生を営むところには必須欠くべからざるものなのだ。道路も建物にも鉄道にも石材は不可欠だ。けれどもほとんどすべての強制収容所で石切り場は最悪の重労働の場、残忍苛酷で仮借ない殺戮の場、しかも脂ぎって軍律厳しい武装兵たちの殺人の喜びの場であった。ブーヘンヴァルトの石切り場だけでも何千人が死んでいったことだろう。あるいは、仲間に両側から支えられて辛うじてバラックに戻っても、翌朝までは生きていられなかった人が何百、何千人いたことだろう。その人たちとは、一国の大臣をつとめた人、国会議員、牧師、神父、教師、作家、詩人たち、ドイツ人、フランス人、ポーランド人、ロシア人、実に多くのひとりひとり、かけがえのない生を生きてきていた「人間」であった。家族もあった。なお生きられたはずの人々も、みんな、みんな、空しく死に、殺されていった。――青年ゲーテが「旅人の夜の歌」をうたったまさにこの山辺で。

四　強制収容所とワイマル市

ブーヘンヴァルト強制収容所はすでに記したように、行政区画としてワイマル市に強制編入された。しかし行政権限は全体がワイマル市に委ねられることはなかった。ヒトラーの第三帝国は形は「国」でありながら「党」の力が形成した独裁国家だった。

山の上にKLが造られて解放されるまでの八年間、そして僅か一か月後にはソ連に引き継がれてからさらに六年間。この間住民登録はなかった。KLのなかには囚人の写真入り基本台帳はほぼ完備されていた。囚人が虐殺されたり病死したときも、死因を何と書くかはともかく必ず死亡書がつくられ（死因が餓死や虐待死、銃殺などと告げられることはむろんついぞなく、常に虚偽の病名が記されて）、簡単な死亡通知が囚人の家族のもとに送られた。こんなところにもドイツ人の整理本能が発揮されている。一九四五年四月の「死の行進」の大混乱のときだけはもうそれはできていない。

郵便、電話はワイマル局の管轄下に置かれ、出張所が山の上に設けられ、二名の局員が常駐。部屋代と光熱費を局がSSに支払っている。電気も国の管轄下にあって、充分に配電されたが、ガスはまったくなし。水道もなく、KLははじめの頃は山辺の小さな泉の水と給水車を利用したが、囚人たちを使った常のごとく超重労働の突貫工事で北東方向から独自の水道を引いた。

下水処理がはじめのうち機能せず、市側の強い抗議により山辺のバラック北側の斜面に大きな下水処理場を造った。何万人という収容者の糞尿は一部は森に埋められ、一部は下水に流された。焼き場の煙の異臭にも市民から抗議があり、煙突の改修が行われた。

道路の管理は、ブルート・シュトラーセ以北はすべてＳＳによった。

消防は法的にはワイマル市のもとにあり、たとえばＫＬが連合軍の爆撃を受けたときは市の消防隊が出動し、また逆にワイマル市内が空爆を受けた日々は、囚人消防隊が厳重な武装隊員監視のもとで消火と瓦礫片づけに働いた。三月には墜落した飛行機の機体片づけのため、市内エレファント・ホテルにも囚人十人が動員されている。ＳＳ隊員と囚人の医療診察ははじめは市内の一般病院で行われたが、ＫＬ所内に病院棟が建てられ、ＳＳ医師が常駐するようになった。生身の人体実験が多数行われ、ナチの軍事医学は「進歩」した。

さて、最大のポイントは、厖大な人数のための食糧調達であった。ヨーロッパのことだから必要な品の第一は肉、次いでパン、じゃがいも、油脂、バター、コーヒー（やがて代用コーヒー）、ドイツ国産の甜菜糖《てんさいとう》などの供給だが、これは主として市内の私企業が請け負った。すでに強力なＳＳ総司令部の分だけでもワイマルにはかなりの財政プラスであったが、何万人分もの食糧代は、戦時の食糧難期にも莫大なものがあった。農村に囲まれ、食糧不足を余り経験しなかったワイマルに調達困難や文句はなかった。国全体としても、大戦開始時と末期の食糧配給が乏しくなった時期はあったが、ポーランドやソ連からの収奪でかなり潤った。古代の掠奪経済の大規模化である。

市内および近郊に次々に建てられた工場をはじめとする諸企業では、国防軍による徴兵によって生じた労働力不足をＫＬの囚人を借り出して補った。厖大な賃金がほんの僅かの囚人への支給を除いてすっぽりＳＳの懐に入った。たとえば一九四一年三月の囚人労働収入は当時のお金で二三万マルク、私企業への囚人貸し出し代が一万六五〇〇マルク。その後この額は増大の一方だった。農業分野でも同じことがあった。ただ、たとえ囚人服を着ていてもトウモロコシ畑などでは逃亡の可能性なきにしもあらずとして、出動は時候季節によった。

燃料はどうしたろう。国営産業だった石炭、コークス、褐炭は充分に補給された。石油が採れぬドイツで動力のための油はどうしたのだろう。あれだけの戦争をすることができたのはなぜか。露天掘りの褐炭で電力をつくり、豊富な石炭から、高価ではあるが重油、ガソリンを液化精製した。松の根から特攻隊用の油を細々とつくっていた日本とはたいへん違っていた。火器用銃弾も日本と違って、敗戦までかなり潤沢にあった。化学工業の力だった。

連合軍による空爆の危険が近づくと、囚人のなかの元職人が駆り出されて貴重な文化財のレプリカ製作が急ピッチで行われた。さすがにゲーテ・ハウスには入れなかったが、シラーの家では家具その他よろずの品物がみごとにつくられた。

一九四五年四月十一日、ＫＬ解放が成って、ＳＳがいっせいに東方に退避していった（大戦終了とドイツ降伏は五月に入ってからで、それまでベルリンを含むドイツ東部では最後の激戦が続いた）あと、ワイマル市民はＫＬの囚人たちによる掠奪がはじまるのではないかと非常に恐れた。しかしそれはいっさいなかった。前に記した所内の抵抗組織が密かに武装していて自信もあり強力な指導力を発揮して、アメリカ軍による食糧医療等をゆっくり受け入れることに成功し、順次解放帰国帰宅までみごとな自力の統制をなしとげたせいだった。暴行掠奪の類いは一件もなかった。

ワイマル市民一般のブーヘンヴァルトへの意識、感情はどんなものであったろうか。繰り返しになるが大体のところでは、人々はＫＬの「存在は知っていた」。ただ、情報統制が非常に厳しくＫＬと外部との相互情報はまったく遮断されていたから、「なかで何がなされていたかは、知らなかった」というのが一般であろう。

いったい、山の上のそこでは何が行われていたのだろうか。表向きは反社会分子を収容、強制的に労働をさせて矯正教育するところと言われていた。しかし現実には時の政権党に反対の意見を持ったというだけの理由で、裁判手続きもなしでぶちこまれるのが多くの現代独裁諸国の、そしてとくにはナチ・ドイツの強制労働収容所だった。ここブーヘンヴァルトは一例にすぎぬ。

夏も冬も縞模様の囚人服一着のみで着替えはなく、裸足には寸法無視の木靴。飢えと渇きと寒さのなかでの重労働そして疲労困憊。身体を半身にしないと寝るところのない木の棚。外部との連絡はいっさいなく、殴られ蹴られ撲殺か銃で撃たれ、糞尿の大穴に叩きこまれて死んでいく。たとえ生きながらえても、先端医学のためにチフスをはじめとする人体実験台とされる。まだ息があっても焼却炉に投げこまれていく者もある。ありとあらゆる人間の尊厳を奪われ、生きる意欲をまったく失って自ら高電圧の鉄条網に身をよせて生命を絶つ人。これが地上の地獄でなくて何だろうか。そして一歩外の人々は、この地上の地獄で何が行われているかを知らないでいるのだ。

五　解放

一九四五年三月から四月にかけて、攻め寄せる連合軍とドイツ軍のヘッセン・テューリンゲンでの地上戦は連日激しく続いた。ドイツ各地での激戦と同じように、奮戦してもうう敗色は明らかだった。エッタースベルクの山の上、ブーヘンヴァルトにいても、西のアイゼナハそしてエアフルト方面から殷々《いんいん》たる砲声が大地と大気を揺るがして伝わってくる。「解放」が近い。しかしその瞬間までに何があるか起こるか、まったくわからない。東部戦線には赤軍(ソ連軍)が迫り、西側ではライン河を越えた米軍が完全に制空権を握り、戦車部隊を先頭にマイン川沿いにテューリンゲンに攻めこんできている。米軍の方が赤軍より先にワイマル・ブーヘンヴァルトに来るだろうか。皆がそう願ってもいた。

ひょっとすると、しかし、米軍戦車部隊はドイツ軍の主力を追って、ここブーヘンヴァルトには突入をせずに山の下を迂回するかもしれない。その場合には、何が起こるか。SSは何万人もの収容者全員をいちいちは銃殺できないだろうからまとめて全体を大量爆殺するかもしれない。すでに収容所長の要請を受けて、ワイマル駐屯の部隊が大挙山上に展開して厳戒態勢に入っている。アウシュヴィッツをはじめ東欧各地に造られていて閉鎖を余儀なくされたいくつものKLから、かなりの生き残りが当地に転送されてきているからである。

何百何千人という衰え果てた、影か亡霊のような各地からの囚人たちがブーヘンヴァルトの門の近くまでようやっと歩いてきて、次々と力尽きて倒れていく。倒れてもなお少しでも息があると、銃で射殺される。門から入ってさえくれば囚人同士で多少は助けられるのに。

それと入れ替わりに、ブーヘンヴァルトからも迫る戦線を避けるためにという口実で、一万人以上の囚人が徒歩で南独方面と東方アポルダ方向に移動させられた。その人たちは前にも述べたように、ひとり残らず、ことごとく途中の野や山で死んだ。飢え、SSによる射殺か地元住民に殴り殺された。主にユダヤ人のほか三十二か国の人々である。

もうひとつ別の不安は、SSではなくドイツ空軍の基地がワイマル東方にあって、残存機がまだ少しはある。ドイツ空軍によるブーヘンヴァルトの全滅攻撃があるかもしれない。囚人のなかの元技術者たちが密かにつくった無線傍受機でさぐっていると、その可能性もなきにしもあらずである。空からの攻撃には逆らう手段はない。地上戦ならば一九四四年八月以来の連合軍の空爆の際に密かに掠め取ってきて隠している武器で、ワルシャワのゲットー戦以上のことはできるだろう。しかし空からの攻撃には！　でももう黙って殺されていくことはできない。

一九三八年ウィーンで反ナチ思想の持主というだけで捕えられ、ダッハウを経てここブーヘンヴァルトにずっと入れられ、生き延びてきた社会学者オイゲン・コーゴン（一九〇三―八七年）が『SS国家』という大著を何と一九四六年に出していて、邦訳もよく読まれているが、そのなかで解放直前の極度の緊張のなかでの抵抗運動を詳しく述べている。それによると、迫り来るアメリカ軍から収容所長への通告警告を受けたこともあって（それはスリラー以上の手に汗を握る出来事だが）、ＳＳはＫＬの爆破をせずに武装したまま森のなかに次々と姿を消していった。彼らのなかからは東部戦線に移って対ソ戦に加わった隊員もいれば、ＳＳの制服を脱ぎ、民間人や農民の姿に変装して地下に逃げた者が多かったらしい。ともかくＫＬ全体の爆殺はなかった。一九四五年三月初め、最後の収容人数は付近の三十六にのぼる「臨時小キャンプ」を入れると十一万人、基幹収容所ブーヘンヴァルト本体には八万人もいたのが、四月十一日には二万三〇〇〇人になっていた。うち、十四歳以下の子どもたちが九〇四人。さまざまな国籍や人種の差を超えて、人々はこれらの子どもたちをかくまい続けて生命を助けた。彼らは父親たちとともに連行され収容されてきて、親はすでに殺されるか移送されたあと残された子どもたちだった。

ドイツの全面降伏までにはまだ一か月近くを要したが、ブーヘンヴァルトは四月十一日に解放された。というより、武装ＳＳがかなりの証拠隠滅をしたうえで姿を消し、囚人たちが自力で門を開き、大きな白布を白旗として門に掲げ、攻め上ってくる米軍戦車を平和裡に迎え入れた。

長い、長い、地上の生き地獄からの「解放」だった。

上空からの航空写真でしかブーヘンヴァルトを知らなかった米軍兵士たちは、処理が間に合わぬまま山と積み捨てられている骨と皮だけの無数の屍体と、それに、じっと物言わぬ、肌が黄色くなっているいたいけな子どもたちを見た。銃を構えた歴戦の米兵たちが涙を流して泣きながら収容所のなかを探索して歩いた。ダッハウでは、収容所に予定より一週間も早く突入して「解放」に成功したのは、日系部隊だった。

解放から四日後の四月十五日、ワイマル占領軍司令官がワイマル市長に命令を下した。翌十六日の昼十二時、十八歳以上四十五歳以下の男女の市民一〇〇〇人がワイマル駅前広場に集合し、エッタースベルクに登頂せよ、という命令だった。市長は警察に指示して命令を順守した。市警察は問題なく機能していた。

四月十六日十時には、駅前にもう二〇〇〇人近くが集まった。その時の記録と何枚もの写真がある。敗戦後の日本とはとても比べようもなくいい服装、靴もピカピカに磨いてあり、戦時下でも栄養を充分に摂っていたとしか思えぬ健康そうな男女の顔ばかりだ。むろん、ベルリンやハンブルクなどの敗戦時の市民はもっとずっと悲惨だったにちがいない。ソ連軍が突入した激戦地ベルリンには男たちはいなかった。市街戦で倒れるか、生きていれば捕えられてシベリアへ送られていったはずだ。四歳から七十歳までの女性たちの多く(何万人か)は凌辱され裂傷を負った。これが戦争なのだ。ワイマルは空襲でマルクト広場付近や軍需工場はやられたけれども、それ以外の戦禍はまぬかれた町だった。十八歳以上の女性たちやよく肥った女性たちはピクニック気分で笑いさざめきながら三々五々山に向かった。何年も登ることのできなかった「我らワイマルの山」へと歩いていった。

丸一日後、彼ら彼女たちは顔蒼ざめ、眼を泣き腫らして山を下った。しかし口々に言っていた、「私たちは何も知らなかった」と。

一九四五年春五月に連合軍の相互協議によりワイマル占領・支配権がアメリカ軍からソ連軍に移された。ただちにソ連軍戦車部隊が「山上」に駐屯し、強制収容所はそのまま引き続き使用されて旧ナチだけでなくおよそ反共のドイツ人が次々と収容され、約六年にわたり五〇〇〇人が死んだ。しかしこのグーラグ（ラーゲリ）の存在、死者たちのことは旧東独時代にはタブーとされ、完全に極秘とされた。ワイマルの市民はそれこそ本当にこの山上のラーゲリについては「知ら」なかった。

二〇〇九年アメリカのオバマ大統領が恐らくイスラエルへの友好サインとしてだろうブーヘンヴァルトを訪れたとき、ドイツの（そして世界の）プレスはナチとSSのことは伝えた。しかし一九四五年からのスターリンの命によって旧東独に計十か所つくられた強制収容所のひとつここブーヘンヴァルトについては沈黙が貫かれた。それより前、一九八九年の壁崩壊までここについて報道した機関は私の知る限りなかった。報道しようとしたワイマルの福音主義（プロテスタント）教会報は発行直前に発表を禁止されたが、抵抗の意志をこめて一面白紙のまま発行された。

ドイツでは旧ソ連への恐怖がまだそれほどに強いのか。それとも重要なエネルギー天然ガス補給を完全にロシアに頼っているから、外交的に弱腰になるのだろうか。たとえばソ連軍が秘密警察（NKVD）の手によってポーランドのエリートである将校たち二万二〇〇〇人を計画的に大量虐殺しておいてすべてはドイツ軍の所業だとし、世界中がそう信じてきた一九四〇年のカチンの森の大量虐殺事件など、ポーランド人が声を上げてもその声は国際的に圧殺された。死刑執行にソ連兵たちの使ったワルター拳銃がドイツ製だった。このピストルと弾丸は第一次大戦後にドイツからソ連に大量に輸出されたもので、性能が非常によく、ソ連軍をはじめ各国で「メイド・イン・ジャーマニー」のひとつとして広く愛用されたものであった。

正確に言うと、口径七・五ミリの拳銃と銃弾はカールスルーエのグスタフ・ゲンショウ社が製造輸出したものである。武器輸出の利益は大きい。とくに国家規模の場合。ここで急いで注記をすると、ポーランドの徴兵法によると大卒者はすべて予備役将校とされ、戦時期には自動的に将校として召集された。そして、旧貴族階級出身の心身ともに優れた者が軍中枢部におかれた。ソ連はこのポーランドのエリート階級の絶滅をはかり、実行したのである。ナチが人種絶滅をはかったのとそっくり同じように。人間は個人ばかりでなく、とくに国家組織になるとどうしてかくも残虐になり、事実を前にするとどうしてこうも「知らなかった」と弱腰になるのだろうか。人間はいつの日か、このような「業《ごう》」から解放されるだろうか。

一九四五年四月「解放」直後の十六日に戻ろう。登山行である。付き添った米軍の兵士たちは呆気にとられたけれども、たぶん市民たちの言うとおりだったのだろう。ＫＬがあることは知っていた。かつて何人かの市民たちは痩せ衰えた囚人たちに、ＳＳの銃口を避けながら、パンやタバコをそっと手渡していた。農民のなかには、夜陰に高圧電流の流れる鉄条網越しに食糧の包みを投げ込む人もいた。毎日山の上から焼き場の煙が上がり、縞模様の服を着た多くの囚人が工場や空襲あとの瓦礫片づけに市内に入っていることも見て知っていた。しかし、日々山の上で実際に何が行われていたかは知らなかった。ＫＬの存在は見えていたけれども内容は知らなかった。そしてそれは本音だったろう。

そもそもエッタースベルクにＫＬが設けられることについて、その計画、実行、運営についてワイマルの町はいっさい何の関与もしていない。ただし、市内への区画編入と食糧供給についての命令だけは来ていた。行政機構としての「国」の上に「党」があったのだ。丁度一九三三年にミュンヒェン北部ダッハウにKLが造られたときと同じで、ワイマル市の担当者には、行政上、経済上の諸問題について配慮も相談もいっさいなかった。しかし、現実にKLはあっという間に形をとり、軍用舗装道路が囚人たちの血によって整備され、市内のいくつもの私企業は莫大な利益を上げはじめた。食糧、衣料関係、電力、郵便がそうで、SS相手だから市の税収はなかったけれども、町は間接的には潤った。

強制労働をさせる囚人たちひとりに一切れのパンを与えるだけでも、何万人という、ワイマル全市の人口より多い囚人たちへのパンの総量は厖大なものだ。じゃがいもでも、囚人ひとりに一日一個としても、いったい何トンの量が毎日要ったことか。稼ぎに稼いだのは、人体焼却炉を設計し製造し納入した私企業の鉄工場だけではなかった。そのことをワイマルの市民たちが感じず、まったく知らなかったとは言いがたい。「知らなかった」というのは、免罪になるのだろうか。

ブーヘンヴァルト視察に自らも同行したクロス市長は二日後の四月十八日に声明を発表して、山の上で行われていた残虐行為にワイマル市は関わりはないと断言した。

四月二十二日、ワイマルのプロテスタント教会教区総監督カーデ師は、礼拝のなかではっきりと市長クロス氏の声明を支持した。その九日後、今度はカトリック教会教区主席司祭ブライトゥング師、米軍によって新しく任命された市長フリッツ・ベーア、それにワイマル文化財団長ハンス・ヴァール、また前述のカーデ牧師が連名でアメリカ占領軍司令官に宛てて、

「ブーヘンヴァルト強制収容所で行われた出来事について、文化都市ワイマルとワイマル市民

には道徳的罪責もしくは共犯の罪はありません」と声明文を提出した。米側がどう反応したか、私にはわからない。

この姿勢に変化が生じ、長くこの罪責をともに負っていこうと人々が考えるようになったのは、とくには、もっとずっと後のドイツ連邦共和国大統領ヴァイツゼッカーのおかげだった。

ベルリンでアードルフ・ヒトラーが自殺し、次いでナチ・ドイツが連合軍に対して無条件降伏してヨーロッパでの第二次世界大戦が終わった日を記念して、ちょうど四十年後の一九八五年五月八日、当時の西ドイツ(ドイツ連邦共和国)の首都であったボンの連邦議会においてヴァイツゼッカー大統領(当時)は記念講演のなかで述べた。

「……私たちは皆、罪があろうとなかろうと、老いていようと若かろうと、過去の結果に関わっており、その責任を負わされています。

より若き者も、年長の者も、なぜ「想い起こす」ことをしっかり行い続けていくことが非常に大事なのか、そのことを互いに助け合って理解しなくてはなりませんし、そうできるのです。

過去を片づけて(清算して)しまうという問題ではないのです。そんなことは決してできません。過去はあとから変えたり、なかったことにすることはできません。しかし過去に目をつぶる者は、ついには現在に対して盲目になります(Wer aber vor der Vergangenheit die Augen verschliesst, der wird am Ende blind für die Gegenwart.)。あの非人道性(Unmenschlichkeit)を思い出すまいとする人は、すぐまた新しい感染に罹りやすくなります」。

「ゲーテの槲の木」の切株

一九二〇年生まれのリヒャルト・ヴァイツゼッカー氏は、シュトゥットガルト生まれ。兄のカール・ヴァイツゼッカーは世界的物理学者、次兄も優れた精神医学者であった。

法律を学んだ氏は、敬虔な福音主義キリスト者として政界に身を投じ、清廉潔白の人柄で尊敬され、ブラント政権の東方(とくにポーランド)との和解政策をめぐって政府と議会が激しく対立したとき、両者を和解させた功労者だった。

ドイツ連邦共和国大統領は党派に属さず、国家元首でありつつ政治にはほとんど深入りせず、国民統合の象徴である。氏は一九八四年から二期十年、共和国大統領として内外において高く評価された。ライン河畔の大統領官邸で公的また私的にゲーテの詩や現代作家の作品の自作朗読会に招かれて食卓をご家族とともにした折のことを、私はいつまでも忘れないだろう。

二〇一一年初夏、日独修好一五〇年祝典には、現職大統領およびシュミット元首相とともに、ベルリンの日本国大使館と日独文化センターを訪問してくださった。

このヴァイツゼッカー氏は突然変異で出現したのではない。氏の前にはベルリン市長から連邦共和国首相となり、東方との和解に真に献身したウィリー・ブラント氏がいた。そのブラントが出てくるにはその先輩のベルリン市長エルンスト・ロイターという、日本では余り知られていないが、優れた人がいたことを、一言付け加えておこう。この人たちは、ナチに抵抗して生命を失った「告白教会」の人々の志を継いだのである。

ドイツも日本も「過去」を負っている。どの国も、どの民族にも人間の業は消えることなくある。すべての文化の陰に凶悪な残虐がある。この二項性をどう負っていくか。人間が生命を与えられたこの地球の上で「高貴で、人を助け、善良である」(ゲーテ)ことをどうしたら実現していけるだろうか。どんなに小さい魂でも、非人間性に対して人間性を勝利させなくてはならない。

六　一九四五年の「旅人の夜の歌」

広いテューリンゲン盆地の中央やや東寄りに位置するワイマル。東へ三〇キロほど行くと大学と光学レンズ、ツァイスの町イエナ。西に向かうとほぼ三〇キロ前後の間隔でエアフルト、ゴータ、アイゼナハの旧城下町が東西真横に連なっている。アイゼナハの山の上には、中世に吟遊騎士歌人たちが歌合戦で技《わざ》を競い合ったワルトブルク城があり、そこに近世初めマルティーン・ルターがかくまわれて聖書の翻訳をした。城の聳える山の下の町では、一六八五年にヨハン・セバスティアン・バッハが生まれている。歴史の層が深く、厚い。

ワルトブルクの城が聳える山は、テューリンゲンの森と呼ばれる約一〇〇キロの長さの山脈の北西端にあり、山上からテューリンゲンの盆地全体に睨《にら》みをきかすことができる。

北西から南東へと連なる緑濃いテューリンゲンの森の山中山麓からは、中世以来さまざまな鉱物資源が掘り出されている。ゲーテが生涯最大の失敗挫折を経験したイルメナウ鉱山は山脈の東側の麓にあるが、西側の山麓にもいくつもの鉱山があった。今でも岩塩を産出するのが、アイゼナハから直線で南へ約三〇キロのバート・ザルツンゲン。その名のとおりザルツ(塩)を掘り出している。もう少し西のフルダは純粋結晶の岩塩鉱脈で知られているが、ザルツンゲンはフルダほどの産出量はない。

第二次大戦中、ここバート・ザルツンゲン西部のカリ原石鉱山にアウセン・ラーガーと呼ばれる小規模の外部臨時の収容所が設けられ、ブーヘンヴァルトの囚人たちが最大一二〇〇人、最後のときは二〇〇人近く強制労働をさせられていた。他の一般労働者はひとりもいない。多数の武装SS隊員だけが見張りにつき、日夜休みなしの重労働が続いていた。このような外部施設は前にも述べたようにブーヘンヴァルトから百数十キロの範囲で三十六ほどあった。

アイゼナハ方面での戦況はわからないものの、猛烈な砲爆撃の音が大気を揺るがして聞こえてくる三月末日、突然全員地上にあがれというSSの命令が下り、坑道からぞろぞろと囚人たちが入口前の広場に集まった。ただちにいつもの点呼が始まる。三人足りない。誰と誰かと名前を確認する時間はないらしい。SSの警備隊長は低い小声で隊員たちと話し合って、いきなり、

「これからブーヘンヴァルトへ向かって行進を開始する。所持品はいっさいなし。三名の者は、このどさくさにまぎれて坑道の隅に隠れたつもりだろうが、馬鹿者たちめ、鉱山の坑道は全部爆破する！」

と叫んだ。ややあって、轟々と全坑道が爆破された。

疲れ切った囚人たちのなかに、ウード・ディートマーという中年のドイツ人がいた。ほっそりしているが強靭なからだつきで、一九三四年に逮捕されてから各地の収容所をたらい回しされ、一九四四年末からブーヘンヴァルトに移送されてきている。前歴はよくわからない。彼にとってもすべての仲間たちにとっても、最後の悲劇が始まろうとしていたのだが、目端の利く彼は看守の補佐をする、いわゆるカポにさせられていた。多くのカポはSS隊員の意向をうかがい、とく

に石切り場などでは棍棒と罵声で仲間の上に君臨するのが普通だが、彼はまるでちがっていて、何か国もの諸民族出身者から成る労働隊の仲間たちを可能な限り助け、秩序を保つ努力をしていた。カポとは、もともとはイタリア語でカポ(頭)、カポラーレ(お頭《かしら》)という語から来ている。どこでも仲間の怨嗟《えんさ》のまとになる役割だが、SSの言うことを聞かなければ、ただちに後方から射ち倒される運命でもあった。ウード・ディートマーはしかしはっきり物を言う男で、SSからも一目置かれていた。

横に五人ずつ並び、百数十人に減った隊列の前横後方には未だかつてないほど多数の武装SSが二メートル置きに、マシン・ガンを構えて歩いていく。自転車に乗っている隊員もある。ウード・ディートマーはカポのひとりとして最後尾に配置され、行進が始まった。実に悲惨な地獄の歩みだった。まずテューリンゲンの森の、標高がほぼ一〇〇〇メートルの山脈を越えなくてはならないが、砲声の聞こえてくる方向からできるだけ遠ざかるようにジグザグに、森のなかの道をつたっていく。食糧は銘々に二日分ずつしか与えられなかった。二日ののちの数日は谷川の水を手ですくって飲むしかない。

夜通し歩いて明け方、山小屋や廃屋になっている納屋に泊まれれば最上だった。交替で休むSS隊員は皆よく肥え、脂ぎっている。次第に隊列の全員が疲労困憊の極に達してくる。ひとりが倒れた。元ポーランド軍の捕虜だ。周りの者たちが自分もよろめきながら肩を貸して立ち上がらせ、横列を組んで山径を登っていく。しかしまた倒れこんだ。

「休ませろ。あとから連れていく」

と、ＳＳ隊員が怒鳴る。やむなく四人横列になって重い足をひきずって歩き始める。木靴のなかで爪がはがれる、目がまわる。森陰の角を曲がるときそっと後方を見ると、ふたりの隊員が倒れた男を森の木の陰にひきずりこんでいく。そして二発の銃声が聞こえた。

もはや前には一歩も進めないほどに体力気力を消耗していた隊列は、銃声を聞くと何かを察しとり、必死の力を奮い起こして山径をさらに前へと歩いていく。

と、前方で司令官が叫んだ、「伏せろ。森に入れ」。

森のなかの道の両側の梢すれすれに、アメリカ軍のＰ51戦闘機が突っこんできた。撃たれる、と思ったが発射音は聞こえない。だが、同じその飛行機だろう、逆方向からすぐまた戻ってきた。今度は強烈な掃射。何人やられたろうか。飛行機が飛び去り、あたりが静かになったので頭を上げて見ると、縞模様の囚人服の人間はただの一名も撃たれていない。脇にいたＳＳが何人か血の海のなかでのたうちまわり、やがて静かになっていく。連合軍は、囚人を撃たない。それがはじめてはっきりした。何度も超低空飛行機が森すれすれに飛ぶ。路上に、あるいは道の脇の森に転げこむ痩せこけた男たちのあいだに、ＳＳ隊員たちも転げこんで身を伏せるようになった。

しかし、行進続行の号令がかかっても、もう立つことのできない男がいた。ソ連兵の捕虜だった。四人の仲間は必死で担ぎ上げようとしたが、もう四肢は動かない。男は動物のような眼をして、近づいてきて仲間たちを追い立てるＳＳをしんと見つめていた。

「行け！」

やむなく隊列は彼を置いて前進した。一、二分ののち、また後方でピストルの発射音が二度鳴った。みんな歯を喰いしばった。それからの数日、何度小銃やピストルの音を聴かなくてはならなかったことだろう。

谷間《たにあい》のルーラという小さな村のなかを通った。他の道はヴェラ川その他の川に架かる橋のたもとにもう爆発物が仕掛けられていて通れないからだった。小さな食堂がある。労働の対価として僅かながら与えられていたお金を出し合い、まったく奇跡的にもヌードルを買うことができ、大鍋を借りて三十分の休みのあいだに全員で少しずつ大急ぎで食べた。地上で最後の食事であろう。

村の子どもたちが恐々と遠まきにして眺めている。小さな子が「あの人たち、何なの」と年かさの子に聞いた。「極悪の囚人たちだよ」と年上の子の答えるのが聞こえる。「ブーヘンヴァルトからだろう」と言い添えていた。

アイゼナハ方面から退却してくるドイツ国防軍の部隊に道路がまったく塞がれてしまって進めない。トラックに乗った農夫らしい老人が、SSを指でさして、「おめえら、もう終わりだぞ」と罵りながら通り過ぎていく。小銃音がそれに応えるかと一瞬思ったが、何事もなかった。

道は再び森のなかの上り坂になった。日が暮れようとしている。四月に入っているのだ。森陰に小さな花々が咲き、ドイツ唐檜や樅の梢に薄緑色の新芽がペンのようにまっすぐ上を向いて萌え始めている。森の奥からカッコウが鳴いた。ドイツの春だ。森のなかの曲り角から木々のあいだに遠い谷間の野や村々が見える。平和時なら、どんなにか美しい景色だったろう。

夕暮れ時。絶えず上空を舞っていた連合軍機の爆音がしなくなった。雲ひとつない夕空、遠い盆地のかなたに日が沈んでいく、赤々というか橙々《だいだい》色の大きな太陽が沈んでいく。

そのときだった、唇にある言葉がふっと浮かんだ。短い詩だった。

峯々に
憩いあり
梢を渡る
そよ風の
跡もさだかには見えず
小鳥は森に黙《もだ》しぬ
待て　しばし
汝《なれ》もまた　憩わん

ああ、とウード・ディートマーは息をついた。ゲーテだ。まさにこの山のあたりをゲーテは歩いて、この詩を作ったのだ。静かな、実に静かな言葉だ。ゲーテだ。「人間は、高貴であれ。人を助け、善良であれ」そのように別の詩にあったな。そのとおりなのだ。非道な暴力に、今の俺たちには抵抗の手段が口惜しいかなまったくない。しかし負けてはならぬ。天が裂けて俺たちの上に堕ちてきても、ゲーテの言葉は死なない。そうだ、俺はこの言葉に残りの生命を賭ける。

またひとり倒れた。横から助け上げる力もないのだけれども、ここに置いていかれようか。「おい」と呼びかけ、必死で横から四人がかりで立ち上がらせ、ひきずりながら行進の列に遅れなかった。「人間は、高貴であれ。人を助け、善良であれ Edel sei der Mensch, Hülfreich und gut!」(ゲーテ「神性」)。

ブーヘンヴァルト強制収容所への最後の道はみごとな舗装道路だった。血でつくられたブルート・シュトラーセである。道路に沿うように囚人たちがこれまた超強制的労働で敷設させられた「ブーヘンヴァルト鉄道」のレールに錆が見える。このところ各地から囚人を移送しているはずの列車が動いていないのだ。収容所の門に近づいていきながら、ふと気がつくと、周囲にいた重装備のSS隊員たちの姿がいっせいに見えなくなっている。物音がしない。いつもなら轟くようなバラック門の上の監視塔からのラウド・スピーカーの音が、しんと静まり返っている。意識が遠くなりそうだが、地獄の門に向かってただ歩いた。と、門が内側から開いた！

何人もの囚人たちがとび出してきた。止めるSSはいない。雲の上をさまよっていたような、カリ鉱山の約半数に減った生き残りを、囚人仲間(！)たちが、ひとりひとりを抱えてバラックのなかに連れていった。水をくんでくる者たちがいる。その背後の森の奥にジープとアメリカ軍のM4戦車が何輌か動いており、キャタピラの音がする。逃げおくれたらしいSSの隊員との交戦らしい散発的銃声が聞こえる。そこまでで、ウード・ディートマーはもう目の前が見えなくなった。一九四五年四月十一日午後のことである。死の行進は終わった。しかし路上に倒れた仲間たちはひとりもこの山の上には帰ってこなかった。歓声を上げる者もひとりもいなかった(ウード・ディートマー『地上の地獄の囚人X』テューリンゲン社、一九四六年)。

あとがき

ゲーテのヒューマニティを養い育《はぐく》んだワイマルは、「まえがき」に述べたように、二十世紀には悪名高きナチ・ドイツの強制収容所ブーヘンヴァルトのあった場所であり、非人間性の極致、地上の地獄が一九四五年まで猛威を振るい、その後も六年にわたって旧ソ連のラーゲリがそこにそのまま続いたところだった。ワイマルのブーヘンヴァルトとゲーテのワイマル。この二重性は現代人間社会の大きな課題に他ならないだろう。

美しい調べの二篇の詩を読む度に、私にはこの二篇の成立した同じその土地の上で、かけがえのない多くの人の生命が凶悪な信念にとりつかれた同じ人間の手によって、組織的意図的に虐殺され、その血が大地から、石切り場の石屑の陰から叫んでいるのを聴く思いがするのである。それでもなおこの詩の言葉はもちこたえていけるのか。文学に、詩に存在の意味はあるのか。人ひとりの短い、悲惨と悲傷のみの人生を超え、かつ守って、詩の言葉は「信、望、愛」の光を僅かながらも映しながら生き続けていくだろうか。

以上のような大きな「文化と政治」、「文化と現代の野蛮」といったテーマのほかに、本書はいくつかの新しい問題点を提示している。

そのひとつ。若いゲーテがワイマルで七歳年上の元女官シャルロッテ・フォン・シュタイン夫人との熱烈なプラトニック・ラヴの間柄にあり、十年で一七七二通もの手紙を書いていることは、よく知られている。ところがごく最近シュタイン夫人は実はかくれみのであって、ワイマル初期十年のゲーテの真の恋人は母公妃アンナ・アマーリアだったのだという新説が、にわかに声高く言われてきている。まだ決着がついているわけではないが、本書の「母公妃アンナ・アマーリア」の章でご紹介した。本当はどうだったのか。

さらには、「憩いの歌」とゲーテ自身が呼んだ第二の「旅人の夜の歌」作詩の当日、山頂でのゲーテの想いにシュタイン夫人の面影があったことは疑いをえないが、同時にもうひとり別の女性の面影があった。ブランコーニ夫人という当時ドイツ一の美女と言われていた人物である。ゲーテとのあいだに、何があったのか。

第三に、若いゲーテが感情と感性きわめて豊かな健康体でありながら、実生活では異常なほど「身持ちがいい」若き日々を過ごしたのはどうしてなのだろうか。

さらに、ブーヘンヴァルトの広大な囚人バラック・ゲレンデの一画に、「ゲーテの槲の木」と呼ばれるオークの巨木があり、ナチのＳＳはゲルマンの神のよりしろとしてうやまい、ゲーテとこの地方を結びつけて誇った。今その木は巨《おお》きな白い切株だけを風雨にさらしている。かつてこの木のかげにゲーテとシュタイン夫人がよく座ったと言われていたが、よくよく調べてみるとその記録も跡もいっさいないのである。

ゲーテは天成の詩人だった。たくさんの自然なみずみずしい詩を書いた。もちろん小説にいくつもの名作をのこし、演劇、紀行文学、エッセイ、評論、自伝文学、なによりもドラマ『ファウスト』の作者であり、そのうえ自然科学者、政治世界のトップ行政官、弁護士であり、画もよくしたが、彼の本質本領は小説という表現法と、そして詩にあった。抒情詩、叙事詩、格言詩など広範なジャンルに及ぶ。明るい、言葉による音楽の作曲家であり、一篇の小さな詩も草の葉先の露の玉のように全世界を映している。

ゲーテは、十八世紀の西欧都市市民興隆期にドイツの君公をいただかぬ帝国直属自由都市フランクフルトの富裕な市民の家に生を亨《う》けて育ち、小さな領邦ワイマルで多方面的に自己実現をはかることのできた幸運児であり、知性を行動に結びつけて努力することのできた人である。興隆する市民文化を身に帯びて、ゲーテはワイマルという宮廷社会にとびこみ、新旧を合わせて生きることができた。必ずしもすべての努力が実ったわけではないが。

当時はむろんのこと現代でも、小説家（作家）や台本作家という職業はあっても詩人という職業はない。純粋な詩人だけでは人は生きていけない。少なくとも当時は詩作で生計を立てるのは不可能で、例外はドイツではゲーテの一世代前のクロップシュトックだったと歴史書や文学史に記されているが、実際はクロップシュトックの生計はデンマーク王家による年金のおかげで成り立っていた。ゲーテは生計の途や収入の憂いに煩わされることなく（経理に明るかった）、生涯恵まれた生活を自力で立てることができ、文学創作をたのしみ、悠々と詩作に励むことができた。そもそもフランスやドイツでは、散文作家が詩作をほとんどしなくても、優れた文学者であれば、ポエト、ディヒター（詩人）と呼ばれる。ゲーテはその意味でも詩人だった。

残念なことにゲーテの詩はヨーロッパの一言語であるドイツ語で作られているので、彼の詩作品に触れその世界を味わい知るには邦訳を通さないわけにはいかない。翻訳では韻律や言葉の音色はどうしても伝わらない。ドイツ語と英語のあいだの翻訳でもそうなのだから、言語組織の異なる日本語では詩のイメージ・形象と意味の大体しか伝えられない。そうと承知の上で、私はゲーテの厖大な数の詩の奥深い世界のなかから、きわめてわかりやすい、フランツ・シューベルトも絶妙に作曲した同じ種類のふたつの詩「旅人の夜の歌」を軸にして、ゲーテの本質に迫ろうと思った。

長詩作品の多いヨーロッパ文学のなかで、同じ標題の短い八行詩「旅人の夜の歌」二篇はそれぞれ言ってみれば俳句の一句か和歌の一首ほどの位置だろう。ところが生物細胞の遺伝子のようなまぎれもない個性が、この二篇にはどちらにもしっかりと刻まれている。ゲーテと言えば書簡小説『若きウェルテルの悩み』の感情豊かな青春像、壮大なドラマ『ファウスト』の提示する自立的人間の激越な告白、『ウィルヘルム・マイスター』の悠々たる自己形成、精妙に愛と死を語る小説『親和力』、堂々たる『西東詩集』、自然科学の諸論文がすぐ頭に浮かぶ。むろんそれらの真髄を思い浮かべつつも直接には触れないでおいた。むしろ主軸と言った二篇の詩が作られたワイマルの負ってきている苦渋に満ちた歴史が私を打ちのめす。ゲーテが志した人間らしさ、ヒューマニティが歴史のなかではどのような意味を持っていたかをいくらかでも調べることができれば、本書を記す意味もあろう。

そして今のワイマル。南郊ベルヴェデール離宮の丘に、超モダンなリスト音楽高校があり、市内には建築工科大学とともにリスト音楽大学がある。楽譜や設計図面を脇に抱え、背にヴァイオリンなどの楽器ケースを背負った若者たちが、静かな小さい緑の町のなかをたのしげに足早に歩いていく。かもしかのような脚をした若い男女が輝いている。古い過去を負いつつ、彼らのなかから新しい文化が生まれてくるだろうことを祈りたい。

ずいぶん勝手な記述の多い本書を担当してくださった岩波書店編集部の倉持豊氏に、心から感謝の意を捧げたい。

小塩　節

小塩 節

1931年長崎県佐世保生れ．東京大学文学部独文科卒．国際基督教大学，中央大学文学部教授，フェリス女学院院長・理事長を歴任．その間，駐独日本国大使館公使，ケルン日本文化会館館長を兼任．現在，中央大学名誉教授．専攻はドイツ古典主義文学．著書に『ライン河の文化史』(講談社学術文庫)，『トーマス・マンとドイツの時代』(中公新書)，『銀文字聖書の謎』(新潮選書)など．訳書に『ゲーテ詩集』(講談社文庫)，トーマス・マン『ヨセフとその兄弟』(全3巻)(望月市恵との共訳．筑摩書房)など．

旅人の夜の歌 ゲーテとワイマル

2012年11月6日　第1刷発行

著　者　小塩《おしお》 節《たかし》

発行者　山口昭男

発行所　株式会社 岩波書店
〒101-8002 東京都千代田区一ツ橋2-5-5
電話案内 03-5210-4000
http://www.iwanami.co.jp/

印刷・三秀舎　製本・牧製本

ISBN 978-4-00-025867-8　Printed in Japan

若きウェルテルの悩み
ゲーテ
竹山道雄訳
岩波文庫
定価 五六七円

ヴィルヘルム・マイスターの修業時代〈全三冊〉
ゲーテ
山崎章甫訳
岩波文庫
定価上中各七九八円 下八八二円

ファウスト〈全二冊〉
ゲーテ
相良守峯訳
岩波文庫
定価第一部九〇三円 第二部一〇〇八円

ワイマルのロッテ〈全二冊〉
トーマス・マン
望月市恵訳
岩波文庫
定価上下各七九八円

フルトヴェングラー家の人々
—あるドイツ人家族の歴史—
シュトラウプ
岩淵達治
藤倉孚子訳
岩井智子
四六判四一六頁
定価三九九〇円

ヴァイマールの聖なる政治的精神
—ドイツ・ナショナリズムとプロテスタンティズム—
深井智朗
四六判三二六頁
定価三七八〇円

岩波書店刊
定価は消費税5% 込です
2012年11月現在